Das Buch

Genüßlich trank Abu al Abed einen Schluck Tee, um seinen Hals anzufeuchten. Dann fragte er wie immer: ›Wo war ich stehengeblieben?‹ Einer der Gäste antwortete: ›Als du tot warst und in den Himmel kommen wolltest …‹« – »Eine der schönsten Märchensammlungen, die in letzter Zeit erschienen sind.« (Lutz Tantow)

W0372038

Der Autor

Jusuf Naoum, geboren 1941 in El Mina/Tripoli im Libanon, kam 1964 in die Bundesrepublik. Nach einer Ausbildung im Hotel- und Gaststättengewerbe arbeitete er als Kellner, dann als Masseur und medizinischer Bademeister. Seit 1983 ist er freier Schriftsteller. 1992 erhielt Jusuf Naoum den Kulturpreis des Rheingau-Taunus-Kreises. Außerdem liegen von ihm vor: ›Der Scharfschütze. Erzählungen aus dem libanesischen Bürgerkrieg‹ (2. Aufl. 1988), ›Die Kaffeehausgeschichten des Abu al Abed‹ (1987), ›Kaktusfeigen‹ (1989), ›Der rote Hahn. Erzählungen des Fischers Sidaoui‹ (2. Aufl. 1989), ›Sand, Steine und Blume. Gedichte aus drei Jahrzehnten‹ (1991), ›Nacht der Phantasie‹ (1994), ›Das Ultimatum des Bey‹ (1995).

Jusuf Naoum:

Karakus und andere orientalische Märchen

Mit einem Nachwort von Lutz Tantow

Deutscher
Taschenbuch
Verlag

dtv

Von Jusuf Naoum außerdem erschienen:
Die Kaffeehausgeschichten des Abu al Abed (11768)
Der rote Hahn (SL 61153)

Ungekürzte Ausgabe
Dezember 1995
Deutscher Taschenbuch Verlag GmbH & Co. KG,
München
© 1986 Brandes & Apsel Verlag GmbH,
Frankfurt am Main
ISBN 3-925798-51-X
Umschlagbild: Rotraut Susanne Berner
Satz: KCS GmbH, Buchholz/Hamburg
Druck und Bindung: C. H. Beck'sche Buchdruckerei,
Nördlingen
Printed in Germany · ISBN 3-423-12117-3

Inhalt

Die schlafende Insel

Wenn Hassans Vater wegen schlechten Wetters einmal nicht fischen ging, war zu Hause immer etwas los. Hassans Vater lud seine Nachbarn ein, und schnell füllte sich der Innenhof mit alten und jungen Männern. Sie saßen stundenlang unter dem Jasminstrauch, der sich über den ganzen Hof ausbreitete und einen herrlichen Duft verströmte.

Sie spielten Karten, tranken süßen Tee, aßen gesalzene Kürbiskerne und erzählten sich spannende Geschichten. An einem solchen Tag haßte es Hassan, zur Schule zu gehen, weil er die Geschichten der Fischer hören wollte. Manchmal gelang es ihm auch, den Kranken zu spielen, und dann durfte er zu Hause bleiben. Einen älteren Fischer, der den Vater oft besuchte, mochte Hassan am meisten. Er hieß Abu-Kadour. Seine Haare waren weiß wie der erste Schnee, und in den vielen Falten seines Gesichtes konnte man die Jahre zählen, die er hinter sich hatte. Trotz seines Alters strahlten seine dunklen Augen und waren wachsam wie die Augen eines Adlers, so wie es einem Fischer entspricht. Seine Hände waren groß und sehnig. Er bewegte sie, wenn er sprach, und wenn ihm ein

Wort nicht gleich über die Lippen wollte, half er mit den Händen nach. Wenn Hassan ihn bat, eine Geschichte zu erzählen, kam Abu-Kadour und setzte sich zu ihm. So erzählte er ihm eines Tages:

»Einmal ging ich allein fischen. Mein Fischerjunge war krank und lag im Bett wie du. Es war Februar. In diesem Monat trauen sich nur wenige Fischer aufs Meer, weil es in dieser Zeit sehr stürmisch ist. Die See ist rauh, und leicht kann ein Unglück passieren. Ich sagte mir: ›Abu-Kadour, du bist schon alt, du hast viele schöne, aber auch schlechte Jahre hinter dir. Du hast gelebt und dich bemüht, das Beste aus deinem Leben zu machen. Was kann dir noch passieren!‹

Was mich an diesem Tag besonders zum Fischen lockte, war das ausnahmsweise schöne Wetter. Das Meer glitzerte wie Silber unter der Sonne. Kein Windchen wehte, das Wasser war still wie Öl und glatt wie eine Marmorplatte. Am blauen Himmel spielten Hunderte von Möwen, und die Luft war angenehm warm.

Ich ruderte langsam zu der Stelle, wo ich meine Netze auswarf. In vier Stunden hatte ich so viele Fische gefangen wie sonst in zwei Tagen. Ich war der einzige Fischer auf dem Meer und fühlte mich an diesem Tag wie ein König. Dann dachte ich: ›Du hast jetzt genug

Fische, Abu-Kadour. Du solltest dich begnügen und nach Hause zurückrudern.‹

So steuerte ich mein Boot landwärts. Kaum hatte ich das Boot in Bewegung gesetzt, tauchte vor meinen Augen ein schwarzer Punkt am Horizont auf. Zuerst glaubte ich, es wäre ein Schiff. Aber der Punkt bewegte sich nicht. Dann überlegte ich eine Weile: ›Was könnte das sein? Vielleicht eine Insel?‹ Aber an dieser Stelle hatte ich in meinem Leben noch keine Insel gesehen.

Neugierde kam in mir auf. Ich wollte unbedingt wissen, was dieser Punkt bedeutete. Je näher ich ruderte, desto größer wurde er. Er kam mir zuerst wie ein schwimmender, schlafender Vogel vor, dann wie ein gewaltiger runder, aus dem Meer ragender Felsbrocken. Als ich noch näher herankam, erblickte ich eine dunkelblau schimmernde, gewölbte Fläche, um die das Wasser sprudelte. Ich dachte, daß es vielleicht ein Stück von einem Planeten sei, der gerade aus dem Weltall ins Meer gestürzt war und nun abkühlte. Aber dann erkannte ich auf der Fläche weiße Muscheln und Seetang. So mußte es sich also doch um eine Insel handeln. Es tut mir gut, dachte ich mir, auf dieser Insel ein wenig zu rasten. Für den Heimweg war es auch dann noch früh genug. So warf ich den Anker und holte aus dem Boot Zucker, Kaffee, einen Süßwasserbehälter, Brennholz und Streichhölzer.

Immer wenn wir Fischer ein bißchen Zeit haben, kochen wir uns einen Kaffee. Auch jetzt wollte ich es mir gemütlich machen. Aber alles verlief ganz anders.

Als ich das Holz anzündete, tauchte die Insel plötzlich unter mir weg. Und ich, Abu-Kadour, lag wie ein Fisch im Wasser. Angstschweiß tropfte von meiner Stirn, mein Herz hämmerte wie wild. So etwas hatte ich noch nie erlebt. Schnell schwamm ich zum Boot zurück, und ohne mich ein einziges Mal umzuschauen, ruderte ich, was das Zeug hielt, zum Land. Bloß weg von dieser Gespensterinsel, dachte ich.

Keuchend und völlig erschöpft erreichte ich die Anlegestelle im Hafen. Zuerst glaubte ich, alles sei ein Traum gewesen, doch dann spürte ich die Nässe auf meinem Körper, Wasser tropfte von meinen Kleidern. Nein – das war kein Traum.

Am Abend im Café erzählte ich dann diese Geschichte einem Freund, Abu-Kasim, dem ältesten Fischer im Dorf.

›So etwas habe ich vor dreißig Jahren auch schon mal erlebt‹, bestätigte mir Abu-Kasim. ›Es war wie bei dir. Als ich auf der Insel Kaffee kochen wollte, platschte ich ins Wasser. Aber ich war mutiger als du. Ich ruderte nicht gleich zurück. Ich saß noch ein Weilchen im Boot. Und dann sah ich plötzlich einen wunderschönen, dunkelblau schimmernden Wal auftauchen.

Das war der schlafende Wal, dem auch du begegnet bist.‹

Mich überzeugten Abu-Kasims Worte. Früher gab es viele Wale in unserem Meer, mein Junge. Aber die vielen Öltanker haben unser Meer verseucht und die Wale vertrieben. Heute sieht man sie nur noch ganz selten. Mich macht traurig, daß ich in meinem Leben vielleicht nie wieder ein so schönes Tier sehen werde. Ich hätte mich gerne mit ihm angefreundet, denn Wale mögen Menschen.

Wenn es nach uns Fischern ginge, mein Junge, wir würden kein einziges dieser Giftschiffe mehr über unser Meer lassen. Vielleicht wird es dir und deinen Freunden gelingen, sie zu vertreiben. Wenn ihr dann die Wale wieder seht – versprich mir, daß keiner von euch jemals wieder Feuer auf ihrem Rücken macht. Dann werden sie euch sitzen lassen, und ihr könnt von dort aus in aller Ruhe unser schönes Meer, die Sonne und den Himmel genießen.«

Die Reise

Ein Lahmer traf eines Tages einen jungen Schuster, der stark und gesund aussah. Er fragte ihn: »Was hältst du von einer großen weiten Reise, die wir gemeinsam machen könnten, um viel Geld zu verdienen?« Der Schuster mochte gern verreisen, und er war sehr angetan von diesem Vorschlag.

»Wir reisen zusammen in die entferntesten Länder«, versprach der Lahme, »über sieben Meere und hohe Berge, wo es Perlen und Diamanten gibt, und viele Flüsse aus Joghurt, Honig und Milch.«

»Aber womit reisen wir?« fragte der Schuster.

»Das ist doch klar! Du weißt doch, daß ich nicht laufen kann. Du mußt mich auf deinen Schultern tragen.«

»Und wie lange muß ich dich tragen?« fragte der Schuster.

»Immer bis zum nächsten Ort. Ich weiß, wo König Salomons Schatz liegt. Wenn wir den finden, werden wir reich. Du kannst mir vertrauen. Kamele, Pferde und viele große Grundstücke werden uns gehören.«

»Aber wenn ich dich von Ort zu Ort getragen

habe, was soll ich nachher tun?« fragte der Schuster.

Der Lahme sagte: »Jetzt kann ich dir noch nichts verraten. Wenn wir im nächsten Ort sind, sage ich es dir. Du mußt Vertrauen zu mir haben.«

Die Reise ging los. Sieben Tage und sieben Nächte saß der Lahme auf den Schultern des Schusters, der durstig und hungrig wurde.

Der Lahme gab ihm nur wenig Wasser und Brot. Er sagte, die Reise sei noch sehr lang und sie müßten sparsam leben. Ab und zu warf er ihm einen Knochen von der Hammelkeule vor. Der Schuster mußte die Knochen abnagen und merkte nicht, daß der Lahme heimlich das Fleisch aß. Erst als das Fett von der Keule auf seine Stirne tropfte, kam er dahinter. Aber der Lahme gab es nicht zu. »Was auf deine Stirne tropft, das ist dein Schweiß. Die Hammelkeule ist schon lange alle.« »Und ich habe nur die Knochen bekommen«, sagte der Schuster. »Ja, ich weiß, ich kann nichts dafür. Die wilden Vögel haben das Fleisch gestohlen. Ich habe viel weniger als du gehabt.«

Der Schuster glaubte dem Lahmen. Er trug ihn über Berge, durch Wälder und Wüsten. Am siebenten Tag kamen sie an den Ort, an dem es viel Geld geben sollte.

»Jetzt kann uns nichts mehr geschehen«, sagte der Lahme. »Schau dir die Häuser an, wie weiß sie strahlen. Und sieh dir diese Straßen an, wie breit sie sind. Und diese Fabriken, wie groß sie sind. Hier werden wir reich, weil sie keine Schuhfabrik haben. Glaub mir, jetzt wird es uns gutgehen. In wenigen Jahren werden wir sehr reich sein. Glaub mir, Schuster. Sie haben Geld, sie haben Brot und Wasser. Sie haben alles, was sie brauchen. Sie werden bestimmt viele Schuhe von uns kaufen. Sie brauchen die Schuhe, weil sie viel laufen. Und wir können mit unseren Schuhen eine Menge Geld verdienen. Hör mal zu, Schuster: Ich bin lahm und kann nicht arbeiten. Aber ich habe einen guten Kopf und ein gutes Gedächtnis. Ich kann gut verkaufen und gut handeln. Nachts machst du die Schuhe, und tagsüber trägst du mich auf deinen Schultern durch die Straßen der Reichen. Ich rufe aus und verkaufe die Schuhe. Und was wir verdienen, teilen wir uns. Einverstanden?«

Der Schuster glaubte ihm.

Der Lahme schlief die ganze Nacht. Und der Schuster machte die ganze Nacht Schuhe. Er schlief nur am frühen Morgen ein paar Stunden. Am Tag war der Lahme frisch und munter, der Schuster aber müde und schlapp von der Arbeit. Trotzdem mußte er den Lahmen tragen, um die Schuhe zu verkaufen. Zehn, zwanzig, dreißig Paare wurden sie jeden Tag los. Der Lahme verrechnete das Geld. Der Schuster bekam pro Tag ein Stück Brot. Als er mehr verlangte, sagte der Lahme zu ihm: »Ich kann dir momentan nicht mehr geben. Denk an unser Geschäft. Wir brauchen Leder, Nägel, Garn und noch viele andere Dinge. Wir müssen ein paar Jahre sparen, und dann haben wir viel Geld.«

Das Geschäft ging sehr gut, aber der Schuster wurde immer hagerer. Als der Lahme sah, daß der Schuster zu verhungern drohte, gab er ihm ab und zu ein bißchen Fleisch, gerade so viel, daß er noch am Leben blieb.

Dann fragte der Lahme den Schuster: »Warum heiratest du eigentlich nicht?«

»Ans Heiraten habe ich nie gedacht, weil ich zuviel zu tun hatte. Außerdem besitze ich ja gar kein Geld, um eine Frau zu ernähren.«

»Aber eine Frau kann dir beim Schuhemachen helfen. Und nach einem Jahr kommt das erste Kind. Das kann dir auch helfen. Mindestens sieben Kinder mußt du zeugen, und alle müssen Schuster werden. Dann machen wir einen kleinen Laden auf. So brauchst du mich tagsüber nicht mehr auf den Schultern zu tragen. Dann kannst du tagsüber arbeiten und nachts schlafen. Siehst du, wie ich an dich denke?«

Die Mitgift für die Frau lieh der Lahme dem Schuster, der sehr zufrieden war und nicht wußte, wie er sich bei ihm bedanken sollte. Er heiratete eine hübsche Frau mit schönen schwarzen Haaren und blauen Augen. Sie kochte gut, war sehr fleißig und lernte schnell, wie man Schuhe macht, und zwei Kinder waren auch bald da.

Der Lahme war sehr zufrieden, da das Geschäft immer besser ging. Doch sein Versprechen, den Ertrag zu teilen, hielt er nicht.

Lange Zeit arbeitete der Schuster nun schon mit dem Lahmen und war immer noch arm. Seine Kinder lernten bereits mit sechs Jahren, wie man Schuhe macht, und schon bald mußten sie mehrere Paare täglich anfertigen können.

Der Vater, die Mutter und die Kinder, alle arbeiteten für den Lahmen.

Die Kinder konnten die Schule nur abends besuchen. Trotzdem hatten sie in wenigen Jahren Schreiben, Lesen und Rechnen gelernt.

Dort begriffen sie auch, daß der Lahme all die Jahre ihren Vater, die Mutter und sie selbst ausgenutzt hatte. Sie erkannten, daß sie auch ohne ihn auskommen konnten. Sie gingen zu ihrem Vater und machten ihm klar, daß er sich keine falschen Hoffnungen machen und nicht auf Salomons Schatz warten solle. Sie erklärten ihm, warum er so mager und so krank sei und daß das, was sie geschaffen hatten, nicht dem Lahmen gehöre, sondern ihnen selbst: »Weil *wir* die Schuhe machen«, sagten sie, »und nicht er. Wir müssen die Schuhe selbst verkaufen und das Geld unter uns verteilen. Wir können jetzt rechnen und lesen. Wir brauchen den Lahmen nicht mehr.«

Lange dachte der Vater nach, bis er schließlich begriff, daß der Lahme ihn die ganzen Jahre nur ausgenutzt hatte. Wütend warf die Familie den Lahmen aus der Werkstatt. Da geschah etwas Erstaunliches. Der Lahme konnte plötzlich laufen.

Abu al Abed und die Marmorstadt

Punkt neunzehn Uhr traf der Kaffeehauserzähler Abu al Abed im Café »Al Nachat« ein. Er begrüßte die Stammgäste und nahm auf seinem Hocker Platz, der auf einem Podest mitten im Saal stand. Nachdem der Kellner alle Gäste mit Kaffee, Tee und Wasserpfeifen versorgt hatte, herrschte Ruhe im Saal wie in einer Moschee. Alle Zuhörer richteten ihre Augen erwartungsvoll auf Abu al Abed. Genüßlich trank dieser einen Schluck Tee, um seinen Hals anzufeuchten. Dann fragte er wie immer: »Wo war ich das letzte Mal stehengeblieben?«

Einer der Gäste antwortete: »Als du tot warst und in den Himmel kommen wolltest. Aber der Engel Gabriel gewährte dir keinen Eintritt. Statt dessen gab er dir einen Schlag auf den Hintern und schickte dich zur Erde zurück, weil du seiner Meinung nach nicht zu den Auserwählten gehörtest.«

»Genau – daran kann ich mich erinnern. Diese Geschichte ist schon zu Ende. Heute werde ich euch, verehrte Gäste, ein neues Abenteuer erzählen. Es liegt schon viele Jahre zurück, als ich, Abu al Abed, mit meinem Kamel in Richtung Marmorstadt ritt. Damals arbeitete ich als Bote im Auftrag von Kadmus, dem König der Kupferstadt. Ich sollte einen Brief an seinen Bruder Ismail, den König der Marmorstadt, überbringen. Seit zehn Jahren bekriegten sich die beiden Brüder, weil sie sich über den Grenzverlauf zwischen ihren Reichen nicht einigen konnten. Auf beiden Seiten waren Tausende von Soldaten gefallen, viele Frauen verwitwet und zahlreiche Häuser zerstört. Dennoch wollten die beiden Könige den Kampf weiterführen.

Kadmus aber konnte nun den Krieg nicht weiter finanzieren, da in seiner Stadtkasse kein Geld mehr war. In dem Brief machte er seinem Bruder ein Friedensangebot. Als Belohnung für meine Arbeit als Bote sollte ich von König Kadmus einen Krug voll Gold bekommen.

Vor dem Krieg hatten die beiden Städte ihre volle Blüte erlebt. König Kadmus hatte eine prachtvolle Stadt aus rotem Kupfer erbauen lassen. Alle Bewohner mußten ihren Schmuck und ihr Geschirr bei ihm abliefern. Für die hundert Kuppeln, die hoch in den Himmel ragten, verwendete er 250 000 Tonnen rotes Kupfer. Tagsüber leuchtete es überall so hell, daß die Bewohner dunkle Brillen tragen mußten, damit ihnen die Augen nicht weh taten.

Sieben Tage lang ritt ich auf meinem Kamel durch die Wüste von Rakan. Von der Kupferstadt aus mußte ich mehrere hundert Kilometer bis zur Marmorstadt zurücklegen. Am achten Tag erreichte ich endlich mein Ziel. Mein Kamel und ich waren von der Reise sehr erschöpft. Kurz vor der Marmorstadt fand ich eine Wasserstelle. Dort löschten wir unseren Durst. Es war höchste Zeit, sonst hätte mich mein Kamel abgeworfen. Kamele sind schlaue Tiere, verehrte Gäste. Wenn man sich nicht um sie sorgt, werden sie ärgerlich und beißen ihren Besitzer. Das Kamel ist, wenn es gut gelaunt ist, schneller als ein Auto. Wenn es verärgert ist, ist es langsamer als eine Schnecke. Mein Kamel Antar – so hieß es – war immer schnell, denn ich behandelte es gut. Seit meiner Kindheit bin ich mit Kamelen vertraut, da ich oft mit meinem Vater in Karawanen reiste. Wir brachten Gewürze, Seide und Seife von meiner Heimatstadt Al Basra nach Al Medina.

Am Brunnen vor der Marmorstadt wusch ich mein Gesicht und meine Hände, die mit Schweiß und Sand verklebt waren. Erfrischt ritt ich weiter bis zum Südtor der Stadtmauer. Es war gerade Mittag, als ich dort ankam.

Die Wachtposten hielten mich zurück: ›Wir haben jetzt Mittagspause. Sie kommen jetzt nicht rein, Einlaß ist erst ab sechs Uhr abends.‹

Sechs lange Stunden wartete ich in der heißen Sonne. Ich war wütend, mußte mich aber mit meiner Lage abfinden. Um sechs Uhr versuchte ich erneut mein Glück. Dem Wachtposten, der in einem kleinen Häuschen saß, reichte ich meinen Ausweis. Minutenlang musterte er mich und mein Paßfoto. Dann legte er meinen geöffneten Paß auf einen komischen Kasten und drückte auf einen Knopf. Das verwirrte mich sehr, und ich weiß bis heute nicht, was das bedeuten sollte. Jedenfalls drückte er noch einmal auf den Knopf, schaute auf die Uhr und gab mir den Paß zurück. ›Endlich‹, dachte ich, ›jetzt geht's weiter.‹ Doch nun sagte dieser Kerl zu mir: ›Es ist jetzt Viertel nach sechs. Für Fremde ist heute kein Einlaß mehr. Komm morgen früh um neun Uhr wieder.‹

Ich war gezwungen, weiter mit meinem Kamel vor der Stadtmauer zu warten. Die Nacht brach herein, ich konnte nicht einschlafen. Von den Schikanen des Wachtpostens hatte ich Bauchschmerzen bekommen. Auch das kleinste Geräusch störte mich in dieser Nacht. Selbst das Schnarchen meines Kamels, an das ich sonst gewöhnt war, machte mich nervös. Trotzdem war ich froh, daß es neben mir schlief.

Die Nächte in der Wüste sind kühl. Deshalb schmiegte ich mich an Antar, dessen Atem und Körper mich wärmten. Um mir die Zeit zu vertreiben, zählte ich die Sterne, die wie Diamanten am Himmel funkelten. Wenn ich mich verzählte, fing ich wieder von vorne an. Wenn man in der Wüste allein ist, sind die Sterne nahe Vertraute. Ich versuche, mit ihnen zu sprechen, und manchmal glaube ich, daß sie mir auch antworten.

Um neun Uhr am nächsten Morgen durfte ich die Marmorstadt endlich betreten. Aber mein Kamel durfte leider nicht in die Stadt hinein. Der Wachtposten begründete dies damit, daß Antar keinen ordnungsgemäß ausgestellten Impfpaß besäße. Er wollte Antar eine Woche in Quarantäne behalten. So lange konnte ich aber nicht warten, ich mußte ja meinen Brief möglichst rasch überbringen. So band ich mein Kamel draußen vor der Stadt an.

Eine so schöne Stadt wie die Marmorstadt, verehrte Gäste, hatte ich in meinem ganzen Leben noch nicht gesehen. Sie lag mitten in der Wüste auf einem Hügel. Von zwölf Architekten war sie entworfen worden, und mehrere tausend Arbeiter hatten sie gebaut. Man erzählte mir, daß viele der Arbeiter bei der schweren Arbeit umgekommen waren. Auch die Architekten mußten ihr Leben opfern. König Ismail ließ sie enthaupten, damit diese Stadt einmalig in der Geschichte bleibe. Einem der Architekten gelang es jedoch zu fliehen. Aus Leinen und Schilf hatte er sich Flügel gebaut und war damit vom hohen Gefängnisturm weggeflogen. Die Soldaten des Königs konnten ihn nicht mehr einfangen.

Die Marmorstadt war von einer hohen schwarzen Granitmauer umgeben. Die Mauer hatte vier riesige Eingangstore aus schön verziertem Schmiedeeisen. Vom Südtor aus, durch das ich in die Stadt gekommen war, stieg ich in einen gläsernen Zug, der auf Schienen hoch über den Häusern lautlos dahinglitt. Zuerst wurde mir ganz schwindlig. Doch dann gewöhnte ich mich daran, und als es mir etwas besser ging, wagte ich sogar einen Blick nach unten. Was ich dort sah, meine verehrten Gäste, war faszinierend. Hunderte von Marmorkuppeln, alle in verschiedenen Farben, glänzten mir in der Sonne entgegen. Jeder Kuppelbau war von riesigen Parks mit unzähligen Springbrunnen umgeben.

In der Stadtmitte stieg ich aus dem Glaszug aus. Ich war fasziniert von dem, was ich sah. Wie im Garten Eden kam ich mir vor. Zwei Flüsse, der eine aus Joghurt, der andere aus Honig, schlängelten sich durch die Stadt. Mir lief das Wasser im Mund zusammen. Doch als ich versuchte, einen Schluck Joghurt zu trinken, tauchte sofort ein Polizist neben mir auf. ›Nur der König und seine Familie dürfen hier trinken. Diese Flüsse sind heilig wie die Königsfamilie, verschwinde!‹ herrschte er mich an.

›Wieder so eine Schikane‹, dachte ich und ging verärgert weiter.

Ich gelangte durch mehrere breite Straßen zu einem großen Platz, wo angeblich der Markt sein sollte. Doch ich fand hier kaum Menschen:

keine Messerschlucker, keine Gaukler, keine Märchenerzähler, nicht einmal einen Obst- oder Gemüsehändler. Statt dessen nur riesige Geschäfte, in denen in großen Schränken eingepackte Ware lag. Ich war hungrig und durstig, doch in den Geschäften kam ich überhaupt nicht zurecht. Ich fragte einige Kunden um Rat. Diese aber achteten nicht auf mich, trugen Knöpfe in den Ohren und hüpften komisch herum. Es schien mir, als hätten sie den Verstand verloren. Draußen auf den Straßen trotteten ein paar Passanten an mir vorbei. Sie starrten auf ihre Hände, in denen sie winzige Glasscheiben trugen, auf denen Bilder flimmerten. Ihre Augen waren rot und entzündet. ›Nein‹, sagte ich mir, ›Abu al Abed – in dieser Stadt wirst du nicht alt.‹«

Mit diesen Worten beendete Abu al Abed seine Geschichte. Er wollte jetzt nach Hause gehen. Aber die Kaffeehausgäste schlossen alle Türen und Fenster. Sie ließen ihn nicht weg, denn sie wollten das Ende der Geschichte hören. So blieb Abu al Abed nichts anderes übrig, als weiter zu erzählen. Er trank noch einen Schluck Tee, um seine Kehle anzufeuchten, und fuhr fort:

»Ich hatte also keine Lust, mich länger in der Marmorstadt aufzuhalten. So ging ich zum Palast des Königs, um ihm den Brief seines Bruders zu übergeben. Die riesigen weißen Marmorkuppeln des Palastes wurden von dreihundertfünfundsechzig Säulen aus weiß-gold-patiniertem Marmor gestützt. Die Mauern waren mit türkisblauen Fliesen verkleidet. Diese wiederum waren mit Blumenornamenten und Inschriften aus unserem Koran übersät.

Die Leibwächter des Königs tasteten mich von Kopf bis Fuß ab, ehe sie mich endlich zum König vorließen. Dieser saß auf einem mit Gold und Diamanten verzierten weißen Marmorthron. Links und rechts wachten zwei gezähmte Geparden, die mich nicht aus den Augen ließen. Der König hatte eine Glatze, und sein Kinn war bartlos wie das eines Eunuchen.

Er begrüßte mich freundlich und bat mich, auf einem Kissen Platz zu nehmen. Seine Diener schenkten mir Jasmintee in einen goldenen Becher ein. Dann fragte er mich, was ich von ihm wolle. Ich gab ihm den Brief. Er las ihn rasch, überlegte kurz und sagte dann: ›Ich bin bereit, das Angebot meines Bruders Kadmus anzunehmen. Es wurde aber auch Zeit, daß er auf das Grenzgebiet zu meinen Gunsten verzichtet. Den Friedensvertrag werde ich sofort unterzeichnen, du kannst ihn gleich wieder mitnehmen. Für deine Dienste werde ich dich gut belohnen. Geh zu meinem Kanzler. Er wird deine Wünsche erfüllen.‹

Die versprochene Belohnung aber erhielt ich nicht. Wie eine Schachfigur schob man mich von einem Beamten zum anderen. Und als ich über mehrere Minister und Sekretäre endlich in das Vorzimmer des Kanzlers gelangte, sagte man mir dort, ich möge meine Wünsche schriftlich äußern. Ich würde dann eine Nachricht erhalten. Diese Nachricht habe ich bis heute nicht bekommen.

Enttäuscht verließ ich mit meinem Kamel die Marmorstadt und schwor mir, nie mehr dorthin zurückzukehren. Sieben Tage und sieben Nächte ritten wir durch die Wüste. Unterwegs trafen wir keine Menschenseele. Nur ab und zu kreisten einige Geier über uns, und nachts hörten wir das Schreien der Hyänen und das Rascheln der Skorpione und Schlangen. Am Morgen des achten Tages erreichten wir wieder die Kupferstadt des Königs Kadmus. Ich hatte seinen Auftrag erfüllt und übergab ihm den unterschriebenen Friedensvertrag.

›Ich danke dir für deine Dienste‹, sagte er nur.

›Sie haben mir eine Belohnung versprochen. Wo ist der Krug voll Gold?‹

Aber König Kadmus erwiderte: ›Ach, das tut mir aber wirklich leid. Ich kann dir nicht soviel Gold geben. Als du weg warst, sind Verschwörer in meinen Palast eingedrungen. Den ganzen Tresor haben sie ausgeplündert und sind dann spurlos verschwunden. Eine Handvoll Gold kann ich dir allenfalls noch geben. Du kannst es morgen abholen.‹

Am nächsten Tag kam ich wieder, gelangte jedoch nur bis zum Sekretär des Finanzministers. Der aber wußte angeblich nichts von meiner Belohnung. Eine Woche darauf hielt man mich schon vor dem Palasttor zurück. Bis heute habe ich nichts von König Kadmus bekommen.

Aus diesen Erlebnissen, verehrte Gäste, habe ich die Lehre gezogen, niemals wieder für einen König Dienste zu verrichten. Und das habe ich seither auch nicht mehr getan.«

Mit diesen Worten beendete Abu al Abed seine Geschichte und versprach den Gästen, am nächsten Tag ein anderes Abenteuer zu erzählen.

Wir lassen unseren Henker müde werden

Es war einmal in einem fernen Land ein Volk, das streng nach den Gesetzen lebte. Jedes Gesetz, das der Staat erließ, war heilig für die Mehrheit des Volkes. Alles war in diesem Land geregelt, von der Wiege bis zur Bahre. Jede Minute des Tages war vom Staat vorgeplant. Selbst die Zeit der Notdurft war festgelegt, und wer sich nicht daran hielt, wurde schwer bestraft. Sie hatten in jenem Land Tausende von Gesetzen, und unermüdlich waren zahllose Juristen damit beschäftigt, immer neue Gesetze zu erfinden.

Die Polizei arbeitete rund um die Uhr. Es gab eine offizielle und eine inoffizielle Polizei. Die Hälfte der Bevölkerung zählte zur inoffiziellen Polizei, die unentgeltlich tätig war. Die Regierung erließ jeden Tag neue Gesetze. Die Mehrheit der Bevölkerung hatte sich längst daran gewöhnt, sie konnte sich ein Leben ohne Gesetze nicht mehr vorstellen.

Eines Tages wurde auch die vor vielen Jahren abgeschaffte Todesstrafe wieder eingeführt. Bald war die Todesstrafe für immer mehr Vergehen vorgesehen. Um ihre Fähigkeit zur Fantasie unter Beweis zu stellen, ließ sich die Regierung die verschiedensten Hinrichtungsarten einfallen. Sie wollte aber auch eine zur Gnade bereite Regierung sein und verkündete deshalb gleichzeitig, daß begnadigt werde, wer als Delinquent eine Woche lang schlaflos bleibe.

Insbesondere die Liebe war in diesem fernen Land von der Todesstrafe bedroht. Bei Neugeborenen wurde das Herz operativ entfernt und statt dessen ein Herz aus Stein eingesetzt. Einige Menschen ließen es nicht zu, daß ihre Kinder mit steinernen Herzen aufwuchsen. Diese Menschen lebten unter schweren Bedingungen und mußten ihre Liebe verheimlichen. Sie durften ihre Kinder nicht registrieren lassen und konnten sie auf keine Schule schicken. Doch ihre Eltern brachten ihnen alles bei: Lesen, Schreiben und die Liebe. In ihrer Not waren diese Menschen sehr hilfsbereit zueinander.

In diesem fernen Land waren an einem wunderschönen Frühlingstag zwei Jugendliche unterwegs. Der Himmel war wolkenlos, und der Wind wehte leicht und warm. Maiglöckchen und Veilchen dufteten unter den Bäumen, und die Vögel zwitscherten lustig und hüpften von Zweig zu Zweig.

Die beiden Jugendlichen saßen auf einer Bank im Park und vergaßen alles um sich herum. Sie waren verliebt ineinander, streichelten, umarmten und küßten sich.

Plötzlich tauchten zwei Geheimpolizisten auf und verhafteten sie.

»Wir lassen unseren Henker müde werden«, sagte das Mädchen in Untersuchungshaft.

»Wie denn?« fragte der Junge überrascht.

»Die einzige Rettung ist, sieben Tage nicht einzuschlafen«, meinte das Mädchen.

»Aber sieben Tage sind lang, wie werden wir das durchstehen?«

»Auf keinen Fall wollen wir sterben. Wir sind noch so jung und haben vom Leben wenig gesehen. Wir müssen wach bleiben«, sagte das Mädchen entschlossen.

Nach zwölf Stunden, als die Wache abgelöst wurde, sagte ein Henker zum anderen: »Diese Jugendlichen sind wie die Teufel. Keiner von ihnen hat ein Auge zugemacht. Entweder haben sie ein Aufputschmittel geschluckt, oder sie haben ein Bündnis mit dem Satan.«

»Warten wir noch zwölf Stunden«, erwiderte der andere, »wenn sie dann nicht eingeschlafen sind, müssen wir etwas unternehmen.«

Zwölf weitere Stunden vergingen, und die Jugendlichen blieben wach. Bei der Wachablösung berichtete die Wache den Henkern das gleiche wie vorher. So begann man mit Untersuchungen. Man stellte die jungen Leute auf den Kopf. Selbst Urin und Blut wurden im

Labor geprüft, weil man den Verdacht hegte, die jungen Menschen hätten Coffein-Tabletten geschluckt. Die Ärzte fanden keine Spur davon. Sie fingen an zu verzweifeln und kamen nicht hinter die Ursache, trotz ihrer so perfekten Methoden.

Wieder vergingen zwölf Stunden. Die Henker waren noch wütender als zuvor, und eine weitere Untersuchung wurde angeordnet. Die Gehirnströme der jungen Leute wurden gemessen, Blut und Urin noch einmal überprüft. Auch Röntgenaufnahmen wurden gemacht. Alles vergebens. Da muß etwas dahinterstecken, dachten die Mediziner. Sie sprachen von einem Wunder, obwohl sie nicht an Gott glaubten.

Sieben Tage und sieben Nächte vergingen, und die beiden jungen Menschen waren immer noch wach. Da die Regierung ihr Gesicht nicht verlieren wollte, wurden die beiden auf freien Fuß gesetzt.

Noch lange wurde in diesem Land die Geschichte von den beiden jungen Leuten erzählt, die die Liebe sieben Tage und sieben Nächte wach gehalten hatte und die so dem Tod durch ihre Henker entronnen waren.

Der Fuchs, der Hase und die Schildkröte

»Es waren einmal«, so erzählte die Großmutter ihrem Enkel Murad, »eine Schildkröte und ein Hase. Sie lebten miteinander und waren seit vielen Jahren gute Freunde. Sie kannten keine Langeweile. Das Futter hatten sie sich immer geteilt. Sie achteten nicht darauf, ob der eine mehr oder weniger bekam. Sie hatten Vertrauen zueinander. Und wenn einer krank war, so war der andere für ihn da.

Eines Tages kam der Fuchs zum Hasen. ›Wie kannst du mit einer Schildkröte befreundet sein? Ihr seid doch so unterschiedlich. Du bist der König der Felder, keiner kann so große Sprünge machen wie du. Keiner hat so große Ohren, keiner so leuchtende Augen wie du.

Deine Freundin dagegen, die Schildkröte, ist langsam und häßlich. Sie hat nicht einmal ein Haus, das sie bewohnt. Sie muß es immer auf ihrem Rücken tragen als Strafe Gottes. Aber du, Hase, hast ein glänzendes, warmes Fell. Du kannst überall wohnen. Du hast keine Last zu tragen. Du bist zu gutmütig. Die Schildkröte nutzt dich aus.‹

So sprach der Fuchs zum Hasen.

›Das glaube ich nicht‹, antwortete der Hase. ›Ich lebe mit der Schildkröte seit vielen Jahren zusammen. Nie hat sie mich ausgenutzt. Alles hat sie mit mir geteilt.‹

›Weißt du, daß die Schildkröte eine Kammer voll mit leckeren Sachen hat?‹

›Das glaube ich dir nicht.‹

›Ich kann es dir zeigen.‹

In der gleichen Nacht noch führte der Fuchs den Hasen zu einem nahe gelegenen Bauernhof. Durch ein Fenster sprangen sie in einen Kellerraum. Da lagen viele Vorräte: Reis, Zucker, Mehl, Linsen, Eier, Mais, Kartoffeln, Mohrrüben.

›Das gehört alles der Schildkröte‹, bemerkte der Fuchs.

›Davon hat sie mir nie erzählt‹, antwortete der Hase erstaunt.

Am nächsten Morgen bat der Hase die Schildkröte, ihm ein paar Zuckerstücke zu geben.

›Woher soll ich dir Zucker geben? So etwas Kostbares habe ich nie besessen. Eine halbe Mohrrübe habe ich noch – die kannst du gerne haben‹, antwortete die Schildkröte.

Der Hase wurde unsicher. Vielleicht hatte der Fuchs doch recht? Vielleicht betrog sie ihn? ›Nein, das glaube ich nicht‹, sagte er sich jedoch, ›warum sollte sie das tun? Wir haben all die Jahre alles zwischen uns geteilt.‹

Am Abend kam der Fuchs wieder zum Hasen. ›Deine Freundin haut dich übers Ohr. Sie ist hinterlistig und unfair. Wetten, daß sie gewinnen wird, wenn ihr zum Beispiel einen Wettlauf macht?‹

›Aber das ist doch klar, daß ich gewinnen werde. Sie ist doch viel langsamer als ich. Das wäre ein unfairer Wettbewerb‹, entgegnete der Hase.

›Da irrst du dich aber gewaltig, die Schildkröte wird gewinnen, denn sie ist listig wie eine Schlange. Ist dir eigentlich noch nie aufgefallen, daß ihr Kopf wie der einer Schlange aussieht?‹

Der Fuchs bearbeitete den Hasen den ganzen Abend, bis der Hase endlich in die Wette einwilligte.

Die Schildkröte weigerte sich zuerst, den Wettlauf mitzumachen. Sie befürchtete, daß dadurch ein Streit entstehen und ihre Freundschaft darunter leiden würde. Aber der Hase gab nicht nach. Und so willigte die Schildkröte ein, mit ihm vom Eichenbaum zum Flußufer um die Wette zu laufen. Am nächsten Morgen, bei Sonnenaufgang, sollte es losgehen.

Die Schildkröte hatte sich auf das Rennen gut vorbereitet. Sie aß am Abend vorher nur wenig und ging früh schlafen. Da ihr Magen nicht belastet war, schlief sie die ganze Nacht ruhig und fest.

Der Hase dagegen blieb die ganze Nacht

wach. Er tanzte, aß und trank viel. Er wollte seinen Sieg im voraus feiern.

Genau um fünf Uhr am nächsten Morgen trafen sich die beiden unter dem Eichenbaum, und dann ging es los. Die Schildkröte kroch Zentimeter für Zentimeter vorwärts. Ihren Kopf drehte sie weder zur Seite noch nach hinten. Ihr Ziel, das Flußufer, hielt sie im Auge.

Der Hase dagegen nahm den ganzen Wettlauf nicht ernst. Mal sprang er einen Meter vorwärts, mal mehrere Meter rückwärts. Wo er frischen Salat und Mohrrüben erblickte, hüpfte er hin und fraß sich voll. Während der ersten Meter beobachtete er die Schildkröte ganz genau. Aber er konnte nichts Auffallendes an ihr feststellen. Langsam wie immer kroch sie dahin.

›Ein paar Sprünge und ich bin am Ufer‹, dachte der Hase und trödelte vor sich hin. Wo er Schatten sah, legte er sich ein wenig hin. Manchmal rannte er hinter einem Eichhörnchen her, und hin und wieder sprang er auf große Steine, um die Aussicht von oben zu genießen.

Unterdessen kroch die Schildkröte unbeirrt weiter. Schon am Abend zuvor hatte sie sich ausgerechnet, daß sie die Strecke in drei Stunden bewältigen könnte, wenn sie in gleichmäßigem Tempo kroch. Plötzlich erschrak der Hase, er sah die Schildkröte fast am Ziel. Nur noch wenige Zentimeter hatte sie bis zum Ufer zurückzulegen. Mit allen vieren sprang er nun los. Die Eichhörnchen, die Mohrrüben, die Bäume waren plötzlich nicht mehr interessant für ihn. Er spürte, daß er zuviel Zeit verloren hatte. Der Hase sprang und sprang mit all seiner Kraft, aber es war zu spät. Die Schildkröte war bereits am Ziel. Enttäuscht über seine Niederlage zog sich der Hase zurück.«

Murad war damals sehr traurig darüber, daß die Freundschaft zwischen dem Hasen und der Schildkröte durch ein so dummes Wettrennen gelitten hatte.

»War ihre Freundschaft für immer kaputt?« fragte er die Großmutter.

»Zuerst war der Fuchs sehr schadenfroh. Er rieb sich die Pfoten, denn er fühlte sich als Sieger. Er war zufrieden, denn es war ihm gelungen, Streit zwischen dem Hasen und der Schildkröte anzuzetteln. Jetzt würde es ihm endlich gelingen, den Hasen zu fangen, denn der Hase hatte keine Freundin mehr, die ihn schützen konnte.

Aber der Fuchs irrte sich. Die Schildkröte hielt nach wie vor zum Hasen. Sie ahnte, was der Fuchs vorhatte, und wollte ihrem Freund helfen. Und so beobachtete sie den Fuchs einige Tage lang. Dabei bemerkte sie, daß er dem Hasen auf einem schmalen Pfad aufzulauern begann, auf dem ihr Freund häufig spazierenging. Hinter einem hohen Felsbrocken, direkt am Pfad, versteckte sich der Fuchs.

Früh am nächsten Morgen kroch die Schildkröte auf die Spitze des Felsbrockens. Der Fuchs, der unten wieder dem Hasen auflauerte, ahnte nichts davon. Kurze Zeit später erschien der Hase wie jeden Tag auf dem Pfad. Vergnüglich hoppelte er daher. Schon näherte er sich dem Felsbrocken, und der Fuchs setzte zum Angriffssprung an. Da zog die Schildkröte ihren Kopf in ihren Panzer ein und ließ sich wie ein Stein vom hohen Fels nach unten fallen – direkt auf den Schädel des Fuchses. Tödlich verletzt blieb dieser liegen. Da merkte der Hase, daß die Schildkröte ihm das Leben gerettet hatte. Und er bereute, daß er jemals Zweifel an ihrer Freundschaft gehegt hatte. Seit diesem Tag schworen alle Hasen, keinem Fuchs mehr zu vertrauen. Auch unser Hase hatte begriffen: eine gute Freundschaft setzt man nicht leichtfertig aufs Spiel. Und: wenn man etwas erreichen will, so muß man wie die Schildkröte sein, geduldig, selbstvertrauend, ausdauernd und zielstrebig.«

Der Tod des Jaguars

Es war einmal ein Jaguar, schon sehr alt, aber trotzdem noch stark und gefräßig. Fast alle Tiere des Waldes fürchteten sich vor ihm. Mehr als hundert Wölfe zählten zu seiner Armee, und wenn sie zur Jagd gingen, dann brachten sie ihm die Hälfte der Beute. Die andere Hälfte wurde an die Wölfe verteilt – nicht gleichmäßig, sondern je nach Stärke.

Mehr als hundert Jahre lang beherrschten der Jaguar und seine Wölfe den Wald, und ihre Verbrechen gegen die anderen Tiere wurden von Tag zu Tag zahlreicher. Jeder Widerstand schien zwecklos.

Einige Tiere jedoch überlegten und beriefen eine große Versammlung ein, um gemeinsam eine Lösung zu finden.

Auf dieser Versammlung sagte eines der Tiere: »Wenn wir es schaffen, den Jaguar umzubringen, dann haben wir gesiegt; schließlich ist er der Anführer unserer Feinde.«

Alle Tiere klatschten Beifall und fanden, daß dies ein guter Vorschlag sei. »Aber wie können wir ihn töten?« riefen die anderen Tiere. Da sagte der Löwe: »Heute abend treffen wir uns. Wir werden schon etwas finden.«

Abends trafen sich die Vertreter der verschiedenen Tierarten am Fluß und wählten ein Komitee. Darin vertreten waren ein Löwe, ein Bär, ein Ziegenbock, eine Ratte, ein Hund und eine Ameise.

Der Löwe eröffnete die Sitzung und sagte: »Ich bin der Löwe, der gerechte König des Waldes. Ich habe keine Geduld mehr. Morgen früh werde ich mit dem Jaguar einen großen Kampf führen. Ich werde ihn töten und euch alle befreien. Ich bin noch jung, und meine Zähne sind sicher viel schärfer als seine.«

Die anderen waren begeistert und klatschten. Die Ratte, die als Diskussionsleiter eingesetzt war, fragte: »Wer für diesen Vorschlag ist, der soll die Hand heben.«

Alle stimmten dafür, nicht jedoch die Ameise – die stimmte dagegen. Sie gab zu bedenken: »Der Löwe wird es nicht schaffen, den Jaguar zu töten. Der Löwe ist stark, aber seine Stärke allein hilft uns nicht.«

Dennoch wurde der Vorschlag des Löwen angenommen.

Kurz vor Sonnenaufgang ging der Löwe zur Behausung des Jaguars. Aber lange bevor er dort ankam, versperrten ihm die Wölfe den Weg und sprangen auf ihn ein. Der Löwe versuchte, sich zu retten. Es gelang ihm nicht. Die Übermacht war zu groß. Am gleichen Tag hörte das Kampfkomitee die traurige Nachricht und rief sofort zu einer neuen Versammlung auf. Der Bär meldete sich dieses Mal zuerst zu Wort: »Der Löwe ist tot, und das ist für uns alle ein großer Verlust. Wir müssen ihn rächen. Der Löwe hat aber auch einen großen Fehler begangen. Er hat überall herausposaunt, er wolle den Jaguar heute morgen töten. Das Heer des Jaguars hat davon gehört. Wir müssen unseren Feind überraschen und ihn im Schlaf töten.«

Der Bär erklärte sich bereit, den Jaguar schon in dieser Nacht zu erwürgen und damit alle Tiere des Waldes zu befreien. Wieder klatschten alle – nur die Ameise nicht.

Die anderen waren böse auf die Ameise, und sie sagten: »Wenn du dich weiter so verhältst, dann schmeißen wir dich raus! Verstanden?«

Die Ameise antwortete: »Ich kann nicht klatschen und ja sagen, wenn ich nicht von etwas überzeugt bin. Wenn wir den Jaguar umbringen wollen, dann müssen wir klug sein und etwas Geduld haben. Wir haben einen Kopf, und wir müssen ihn benutzen. Ihr macht viel Lärm, aber da steckt nicht viel dahinter.«

»Du machst nicht mit, weil du Angst vor dem Jaguar hast. Wir aber sind verpflichtet, den Wald zu befreien. Wir verzichten auf eure Hilfe, ihr Ameisen!«

»Aber ohne uns könnt ihr den Wald nicht befreien«, sagte die Ameise überzeugt.

Um Mitternacht schlich der Bär in den Wald,

und er paßte auf, nicht von den Wölfen entdeckt zu werden. Schließlich gelangte er zur Behausung des Jaguars. Der Jaguar aber schlief nicht, und schon aus einer Entfernung von hundert Metern hörte er die Geräusche des Bären. Er kletterte auf einen Baum und versteckte sich dort. Der Jaguar hatte eine gute Tarnung. Das gefleckte Fell paßte sich der Umgebung an. Als der Bär unter den Baum lief, sprang der Jaguar auf ihn hinab. Er warf den Bären auf den Boden und erwürgte ihn.

Das Komitee wurde unruhig, als es vom Tod des Bären hörte, doch ein Vertreter der Hunde versuchte, die anderen Mitglieder zu beruhigen. Er sagte: »Die Ameise hat recht.« Der Hund aber hatte die Ameise falsch verstanden und sammelte viele Hunde um sich herum, und sie gingen gemeinsam, den Jaguar zu töten. Bevor sie angriffen, bellten sie so lange, bis alle Wölfe wach waren und sich auf einen Krieg vorbereitet hatten – auf einen Krieg Hunde gegen Wölfe. Der Krieg ging los, und die Hunde wurden ebenfalls geschlagen, da die Wölfe schärfere Zähne als die Hunde hatten. Der Jaguar hörte von dieser Schlacht und war sehr stolz auf seine Armee. Trotzdem wurde er etwas vorsichtiger. »Ich muß die Armee vergrößern«, sagte er zu sich, »weil es in der letzten Zeit viele Angriffe gab.« Statt der hundert Wölfe hatte er jetzt zweihundert.

Eine Woche später ging der Jaguar auf Jagd. Unterwegs begegnete er einigen Ameisen und wollte sie mit seinen Pfoten zertreten. Doch dann dachte er nach und änderte seine Meinung. Als er sah, wie fleißig die Ameisen arbeiteten, sagte er zu ihnen: »Ich habe die Macht, euch zu zertreten, aber ich werde es nicht tun, wenn ihr mir versprecht, mir täglich tausend Weizenkörner zu bringen. Als Belohnung könnt ihr auf meinem Fell leben.« Die Ameisen taten, was der Jaguar von ihnen verlangte. Der Jaguar erhielt täglich den größten Anteil des Weizens, den die Ameisen mit ihrer Arbeit einbrachten. Er verkaufte den Weizen für viel Geld und steckte es in seinen Beutel.

Das Komitee war erbost über die Ameisen und machte ihnen Vorwürfe: »Die Ameisen haben uns verraten. Sie leben auf dem Fell des Jaguars und haben uns vergessen.«

Nach kurzer Zeit hatten sich die Ameisen auf dem Fell vermehrt. Schließlich fühlten sie sich stark genug. Eines Nachts rückten alle gleichzeitig aus. Der Jaguar mußte sich wie ein Verrückter kratzen, weil die Ameisen so fürchterlich kribbelten. Überall in seinem Fell waren sie jetzt. »Ich muß sie sofort töten, sonst treiben sie mich zum Wahnsinn«, dachte er. Aber vorher versuchte er es noch einmal anders.

Er begann, mit den Ameisen zu verhandeln: »Wenn ihr auf meinem Fell still und ruhig bleibt, dann werde ich euch belohnen und euch euer Leben lang mit einer guten Rente versorgen.« Die Ameisen glaubten ihm aber nicht und kribbelten weiter.

Auch die Armee des Jaguars bekam jetzt Angst vor den Ameisen und fühlte sich bedroht. Die Wölfe gingen zu ihrem Herrscher und überlegten, wie man die Ameisen am besten vernichten könnte. Aber als sie beim Jaguar ankamen, krabbelten die Ameisen auch auf sie und fingen an, sie zu kitzeln. Der älteste Wolf sagte: »Wir sind jetzt alle in Gefahr! Wir müssen diese rebellischen Ameisen so schnell wie möglich vernichten.«

Er schlug vor, daß alle ins Wasser springen sollten, weil die Ameisen kein Wasser vertragen. »Sie sterben, und wir bleiben am Leben.«

Und so stürzten sich der Jaguar und die Wölfe in den Fluß. Doch kaum waren sie ins Wasser gesprungen, wurden sie von zahllosen Piranhas angegriffen und aufgefressen. Die Ameisen dagegen konnten sich auf schwimmende Nußblätter retten, die wenig später ans Ufer getrieben wurden.

Noch heute spricht man im Wald vom großen Sieg der kleinen Ameisen über den starken Jaguar und seine zweihundert Wölfe.

Die gesellige Eisenbahn

Jeden Abend besuchten die Kinder ihren Großvater, der im gleichen Haus wohnte, ein Stockwerk unter ihnen. Als er alt geworden war und nicht mehr gut laufen konnte, hatten sie ihn zu sich ins Haus geholt und ihm das schönste Zimmer gegeben. Sie brauchten nun keinen so weiten Weg mehr zu machen, wenn sie ihn besuchen wollten.

Abends saßen dann seine Enkelkinder neben seinem Bett, und er erzählte ihnen Geschichten. Zur Belohnung dafür bekam er Geschenke. Von ihrem Taschengeld kauften die Kinder dem Großvater Nüsse, Datteln und Feigen, und weil auch bald Weihnachten war, wollten sie von ihm eine besonders schöne Erzählung hören.

»Es war einmal«, begann der Großvater, »eine schöne Eisenbahn, die hatte zehn Wagen und fuhr durch die Nacht. Aber eigentlich fahren in der Nacht keine Züge.«

Neugierig wartend saßen die Kinder da und wollten die Geschichte weiter hören, aber der Großvater sagte, daß das nun alles wäre.

»Ich kann die Geschichte nur noch einmal wiederholen.« Er begann von neuem: »Es war einmal eine schöne Eisenbahn, die hatte zehn

Waggons und fuhr in der Nacht. Aber nachts fahren keine Züge.«

Voller Ungeduld riefen seine Enkelkinder: »Erzähl keinen Quatsch, Opa! Wir wollen eine richtige Geschichte über eine Eisenbahn hören.«

Jetzt mußte sich der Großvater ein bißchen anstrengen und sich eine richtige Geschichte einfallen lassen. Anfangs fiel es ihm schwer, doch die Kinder ließen ihm keine Zeit zum Nachdenken, und so entstand eine neue Geschichte.

»Es gab einmal«, so begann der Großvater, »eine große Eisenbahnfabrik. Vier Monate vor Weihnachten veranstaltete die Direktion einen Wettbewerb. Wer die schönste Kindereisenbahn entwarf, sollte einen großen Preis erhalten. Viele Ingenieure nahmen daran teil, und jeder von ihnen hoffte, den Preis zu bekommen. Die Jury wählte schließlich von über hundert Entwürfen einen aus, der mit viel Geld belohnt wurde. In vier Wochen sollte dieser Entwurf, der ja bis dahin nur auf dem Papier stand, als richtiges Eisenbahnmodell fertig sein, und so ging die ganze Belegschaft an die Arbeit. Die Schmiede hämmerten, die Schweißer schweißten, die Tischler hobelten, die Maler strichen, die Lackierer lackierten. Jeder arbeitete, so gut er konnte, in Tag- und Nachtschicht. Keiner durfte auch nur eine Minute zu spät in die

Fabrik kommen oder sich während der langen Arbeit eine Pause gönnen.

Auch krank werden sollte keiner. Alle mußten mit einem irrwitzigen Tempo rackern, und in einem Monat hatten sie die Kindereisenbahn fertiggestellt. Presse, Rundfunk und Fernsehen berichteten über dieses schöne Stück, das einmalig in der Eisenbahngeschichte war. Es war eine ganz besondere Eisenbahn, die schnellste und schönste, die es je in der Stadt gegeben hatte.

Sie wurde in einem riesigen Ausstellungsraum aufgebaut, und jeder, der sie gesehen hatte, wünschte sich, sie zu besitzen. Aber sie war sehr, sehr teuer. Nur wenige hätten sie sich leisten können. In Zeitungen, Illustrierten, Bahnhofshallen, Kinos, Supermärkten und auf Litfaßsäulen wurde sie abgebildet. Alle Kinder begannen, von dieser Eisenbahn zu träumen. Aber nur für ein einziges Kind in der Stadt wurde dieser Traum Wirklichkeit. Seine Eltern schenkten sie ihm zum Weihnachtsfest. Das Kind wohnte in einer Villa im vornehmsten Viertel der Stadt, neben einem wunderschönen Park, einem großen Swimming-pool und einem Tennisplatz. Der Junge, der erst acht Jahre alt war, bewohnte in der Villa drei riesige Zimmer. In dem einen schlief er, im anderen machte er seine Schulaufgaben und im dritten spielte er.

Obwohl er eine Menge Spielzeug besaß, fühlte er sich oft einsam. Seine Eltern waren in ihrem großen Reiseunternehmen beschäftigt und viel unterwegs. Nur selten hatten sie Zeit für ihn.

Der Junge war überglücklich, als ihm die Eisenbahn geschenkt wurde. Vor Freude begann er zu tanzen und zu singen und zu lachen.

Am zweiten Weihnachtstag lud er seine Schulkameraden zu sich ein. Er wollte ihnen die Eisenbahn vorführen und damit vor den anderen angeben. Alle Schulkameraden kamen, sie waren neugierig und gespannt auf die Vorführung. Der Vater des Jungen wies die Kinder an, sich nicht zu nah an die Eisenbahn zu stellen, denn er hatte Angst, daß die Kinder etwas kaputtmachten.

Der Zug war inzwischen schon aufgestellt worden. Er war zehn Meter lang, zwanzig Zentimeter breit und vierzig Zentimeter hoch. Jeder Wagen war bemalt, der eine rot, der andere grün, der dritte blau, jeder in einer anderen Farbe. Viele Abteile gab es in jedem Waggon, für Raucher und Nichtraucher. Die gepolsterten Sitze waren mit weinrotem Samt bezogen. Jedes Abteil hatte sechs Plätze, auf denen buntgekleidete Holzpuppen saßen. In jedem Abteil gab es drei strahlende Spiegel und sechs kleine seidenbezogene Lämpchen. Der Boden war mit dickem grauen Veloursteppich ausgelegt. Vor den Abteilfenstern bauschten sich weiße duftige

Gardinen. Auch einen Speisewagen mit Küche gab es, und jeder Waggon verfügte über einen Toilettenraum mit Dusche. Die Nachtpassagiere konnten sich in den Schlafwaggons in bequemen, großen Betten ausruhen. In der Mitte des Zuges war ein Kino-Waggon eingehängt, dahinter ein Waggon nur zum Telefonieren. Die Lokomotive konnte der Junge über eine Fernbedienung steuern, indem er verschiedene Knöpfe und Schalter drückte und drehte, einen für den Start, einen anderen für den Vorwärtsgang, einen dritten für den Rückwärtsgang, einen für die Geschwindigkeit und einen zum Bremsen. Zu der technischen Ausrüstung gehörte außerdem ein Fernsehkontrollschirm.

Der Junge nahm die Fernbedienung in die Hand, zog die Antenne raus und drückte langsam auf den Startknopf. Seine Hände schwitzten vor Aufregung: triumphierend schaute er zu den Kindern. Die starrten gespannt und staunend auf die Eisenbahn. Ungeduldig schubsten sie sich gegenseitig, jedes wollte den besten Platz zum Schauen haben.

Nun war es soweit. Alle Lampen leuchteten auf. Die Eisenbahn fuhr ungefähr einen Meter weit, und dann – dann blieb sie plötzlich stehen. Alle Lichter erloschen. Der Junge drückte noch einmal alle Knöpfe durch, aber nichts bewegte sich mehr. Er versuchte es immer wieder, doch die Eisenbahn blieb stehen.

Der Junge wurde ganz blaß. Dann begann er, bitterlich zu weinen. Einige seiner Kameraden umarmten ihn und sagten, daß er ein wenig Geduld haben solle; die Eisenbahn sei bestimmt bald wieder in Ordnung.

Der Vater jedoch wurde sehr wütend und schickte alle Kinder nach Hause.

Seinen Sohn beschimpfte er, als ob er an der Panne schuld hätte: ›Du bekommst kein anderes Geschenk mehr! Du mußt diese Eisenbahn behalten, auch wenn sie kaputt ist. Sie war sehr, sehr teuer.‹

Dann kniete sich der Vater hin, um die Ursache des Schadens zu suchen. Zuerst fummelte er an den Schienen herum, dann an der Lokomotive und zum Schluß an der Fernbedienung. Er hatte aber keine Ahnung von der Sache.

Am nächsten Morgen wurde ein Techniker bestellt, der auch gleich ins Haus kam. Da funktionierten aber alle Knöpfe und Schalter, auch die Batterie war in Ordnung.

Der Techniker wunderte sich, daß man ihn umsonst geholt hatte. Am Nachmittag erfuhr der Junge von seinem Vater, daß die Eisenbahn doch in Ordnung sei. Glücklich darüber rannte er eilig ins Zimmer, warf seine Schultasche hin, nahm die Fernbedienung in die Hand, zog die Antenne raus und drückte den Startknopf. Wieder bewegte sich die Eisenbahn nicht.

Diesmal gab der Junge die Hoffnung auf;

keine Schulkameraden trösteten ihn. Er weinte bitterlich und hörte nicht mehr auf. Der Vater wurde immer wütender und wollte nun sein Geld für die Eisenbahn zurückfordern. ›Was verkauft ist, ist verkauft‹, entgegnete der Spielzeugverkäufer dem Vater, als dieser mit seinem Anliegen zu ihm kam. ›Das ist Betrug‹, beschwerte sich der Vater. ›Unsere Techniker haben alles mehrere Male überprüft. Die Eisenbahn hat jedenfalls keinen Defekt‹, kommentierte der Verkäufer.

Der Vater verklagte die Spielzeugfirma auf Schadensersatz, doch er verlor den Prozeß.

Lange trauerte das Kind um seine Eisenbahn.

Eines Tages sollte in der Schule ein Klassenfest stattfinden. Der Lehrer schlug vor, jedes Kind solle ein kaputtes Spielzeug mitbringen.

›Gemeinsam werden wir es reparieren, und dann ist das Spielzeug Eigentum der ganzen Klasse. So kann jedes Kind damit spielen.‹

Die Idee des Lehrers wurde begeistert begrüßt, denn viele der Kinder hatten beschädigtes Spielzeug und wußten nicht, was sie damit anfangen sollten.

Sie begannen mit den Festvorbereitungen. Die einen wollten Theater spielen, andere musizieren und singen, manche wollten Geschichten und Gedichte vortragen.

Ein großer Raum wurde als Reparaturwerkstätte vorbereitet. Hammer, Sägen, Schraubenzieher, Nägel, Ventile und alles andere notwendige Gerät und Werkzeug wurden bereitgestellt.

Am Festtag waren alle Zimmer der Schule mit Blumen geschmückt. Von den Decken baumelten kleine und große Lampions, die wie reife Apfelsinen aussahen. An den Wänden hingen viele farbige Bilder, die von den Schülern gemalt worden waren. Auf dem Schulhof waren auf mehreren Ständen Platten mit leckerem Schokoladen- und Nußkuchen, belegte Brote mit Wurst und Käse, Schüsseln mit Salaten, Bastkörbe mit Bananen, Trauben und Melonen für die hungrigen Münder ausgebreitet. Auf dem ganzen Hof roch es nach gegrillten Würstchen und gebrannten Mandeln. Gegen den Durst gab es viele Glaskaraffen, gefüllt mit frischem Saft von Orangen und Äpfeln.

Auch die Kinder, die später ihr Spielzeug reparieren wollten, hatten sich auf die bereitgestellten Bänke verteilt und schmatzten genüßlich, als sie plötzlich durch ein lautes Pfeifen aufgeschreckt wurden.

Ein Kind rief: ›Aus dem Nebenraum kommt das Pfeifen, kommt mit!‹ Alle rannten ihm nach.

Dort angekommen, trauten sie ihren Augen nicht. Darauf waren sie nicht vorbereitet: staunend sahen sie, wie sich die Eisenbahn langsam in Bewegung setzte und in immer schnellerem Tempo durch Tunnel und über Brücken fuhr. Vor jeder Kurve gab sie ein lautes Pfeifen von sich. Vor roten Signalen hielt sie, vor grünen fuhr sie wieder los. Immer wenn sie in einer Bahnhofshalle anhielt, herrschte dort geschäftiges Treiben. Passagiere stiegen aus und ein, Koffer wurden verladen, ein Verkäufer rief Eis aus, ein Zeitungsmann Zeitschriften und eine Lautsprecherstimme sagte an: ›Bitte einsteigen, Türen schließen und Vorsicht bei der Abfahrt!‹ Dann gab ein Schaffner mit blauer Mütze und weißer Kelle das Zeichen zur Abfahrt. Die Eisenbahn fuhr wieder an, und die Reisenden winkten aus den Fenstern.

Minutenlang verfolgten die Kinder mit verwunderten Augen das Ereignis, denn sie alle hatten ja geglaubt, daß die Eisenbahn kaputt sei. Und nun fuhr sie munter daher.

Von diesem Tag an fuhr die Eisenbahn, wenn ein Kind mit ihr spielen wollte, denn in dem Klassenraum fühlte sie sich zu Hause.«

Mit diesen Worten beendete der Großvater die Geschichte von der Eisenbahn und versprach seinen Enkeln, ihnen am folgenden Tag eine andere, ganz neue Geschichte zu erzählen.

Ein Kamel für alle
oder
Alle für ein Kamel

Zwei Brüder gingen einmal zusammen auf die Jagd und sahen unterwegs ein prächtiges Kamel, das sich ganz allein in der Wüste herumtrieb.

Das gefiel ihnen sehr, und jeder von ihnen wollte es einfangen und für sich behalten. Aber das Kamel ließ sich nicht so einfach greifen, sondern rannte in größter Eile davon.

So waren sieben Tage und Nächte vergangen, in denen die beiden Brüder das Kamel nicht fangen konnten. Sie mußten etwas falsch gemacht haben. Jeder rannte für sich, als einzelner, hinter dem schnelleren Tier her. Am achten Tag, als sie beide schon sehr, sehr müde und erschöpft waren, begriffen sie, daß sie falsch handelten. Da entschlossen sie sich, es gemeinsam zu versuchen. Und falls es ihnen gelänge, sollte das erbeutete Tier ihnen beiden gehören.

Einige Tage lang beobachteten sie die Gewohnheiten des Zweihöckers. Täglich ging es den Weg zur Tränke. Die beiden Brüder legten einen langgestreckten Graben an. Die Oase lieferte Palmenäste und Wedel zur Abdeckung der Falle. Sorgfältig schaufelten die Brüder Sand darüber. Schon am ersten Abend hatten sie Erfolg. Die Dorfbewohner staunten sehr, als die beiden das noch unruhige Kamel auf den Dorfplatz führten.

Alle wollten von diesem wunderbaren Kamel etwas haben, und wenn es nur ein Haar gewesen wäre.

Da schlug der ältere Bruder dem jüngeren vor: »Wir beide können das Kamel doch nicht behalten. Es braucht viel Pflege, das schaffen wir beide allein nicht. Es ist schon besser, wenn wir es schlachten, und jeder nimmt sich dann die Hälfte davon. Du kannst ja deinen Freunden etwas von deinem Teil abgeben, wenn du willst.«

Der jüngere Bruder aber war mit diesem Vorschlag nicht einverstanden. Es tat ihm leid, so ein gesundes und starkes Kamel zu schlachten. Nach langem Überlegen sagte er zu seinem Bruder: »Ich habe einen besseren Vorschlag. Sinnvoller wäre es, wenn wir das Tier leben ließen und es weiter gut versorgten. Das ganze Jahr über gibt es uns Milch, und davon können wir und alle Dorfbewohner trinken. So ist uns doch allen geholfen. Wie du schon gesagt hast, braucht das Kamel viel Pflege. Dabei können die anderen auch helfen. Das Kamel braucht außerdem einen großen Stall, und es muß kräftiges Futter bekommen, damit seine Milch auch gut schmeckt.«

Daraufhin begann der ältere Bruder, seine Meinung zu ändern. Jetzt gefiel ihm plötzlich der Vorschlag des jüngeren. Auf diese Weise, dachte er, brauche ich nicht mehr zu arbeiten, die anderen werden schon alles tun.

Der jüngere bemerkte die Absicht seines älteren Bruders. Zornig rief er: »Du und ich, wir müssen genauso arbeiten wie die anderen. Auch wir müssen Steine tragen, Wasser holen. Nur wer mitmacht, bekommt Milch.«

»Aber schließlich haben *wir* das Tier doch eingefangen«, entgegnete der ältere Bruder. »Wenn andere das geschafft hätten, wärst du zufrieden, wenn sie dir vom Kamel nichts abgeben würden?« fragte der jüngere. »Jeder, der sich um das Tier kümmert, soll auch etwas davon haben.«

Doch der ältere Bruder wollte das Kamel jetzt wieder schlachten. So ging es eine Zeitlang hin und her, und sie konnten sich nicht einigen, was mit dem Kamel werden sollte.

Da kam eine alte Frau aus dem Dorf vorbei, die bekannt war für ihre Weisheit und von allen hochgeschätzt und geachtet wurde.

Die Brüder erzählten ihr von ihren Sorgen und fragten die Alte: »Weißt du eine Lösung für uns?«

Die weise alte Frau antwortete ihnen: »Laßt

doch die Dorfbewohner gemeinsam darüber entscheiden, was sinnvoll ist.«

Die beiden Brüder riefen die Leute aus ihrem Dorf zusammen. Fast alle, die kamen, stimmten dafür, daß das Kamel am Leben bleiben und gut versorgt werden sollte. Eigentlich war der ältere Bruder weiterhin nicht damit einverstanden. Doch es blieb ihm nichts anderes übrig, als sich dem Mehrheitsbeschluß zu beugen, da er sonst fürchten mußte, gemäß der Sitte aus der Gemeinschaft ausgeschlossen zu werden.

Am gleichen Tag noch wurde mit dem Stallbau begonnen. Daran beteiligten sich alle. Die Wände wurden in gestampftem Lehm ausgeführt und das Dach mit Palmblättern gedeckt.

Nach und nach gewöhnte sich das Kamel an seine neue Umgebung. Es erhielt auch einen schönen großen Auslauf, saftiges Futter und liebevolle Pflege.

Die Milch floß reichlich, und keiner brauchte mehr zu hungern.

Der goldene Schlüssel

Als Sindbad noch ein Säugling war, starben seine Mutter und sein Vater bei einem Überfall auf ihr Dorf. Sindbad aber hatte Glück, er blieb am Leben, und eine Löwin nahm ihn auf. Sie säugte ihn mehrere Jahre und gab ihm viel Liebe und Zärtlichkeit. Nur wenn er versuchte, auf zwei Beinen zu gehen, wurde die Löwin wütend und verbot es ihm. Mit der Zeit gab Sindbad alle Versuche auf, und als er zehn Jahre alt war, konnte er noch immer nicht auf zwei Beinen gehen, sondern kroch auf allen vieren. Ihm erschien diese Haltung inzwischen völlig natürlich.

Eines Tages kam er bei Sonnenuntergang aus seiner Höhle gekrochen und setzte sich auf eine grüne Wiese, um zuzusehen, wie die Sonne hinter den Bergen verschwand. Da kamen mehrere Kinder über die Wiese gelaufen und fragten: »Hast du Lust, mit uns zu hüpfen?«

Sindbad antwortete: »Ich kann nicht wie ihr auf zwei Beinen stehen, und wenn ich hüpfe, verliere ich das Gleichgewicht.«

Das wunderte die Kinder sehr: »Du siehst doch aus wie wir. Wieso kannst du nicht auf zwei Beinen gehen? Komm her! Spiel mit uns!

So mußt du es machen.« Die Kinder hüpften vor ihm auf und nieder. Sindbad versuchte es, aber es gelang ihm nicht. Er fiel zu Boden, und gleich begann er zu weinen. Er wurde sehr traurig, denn er wollte gern wie die anderen Kinder sein.

In diesem Augenblick kehrte die Löwin von der Jagd zurück. Als sie die fremden Kinder vor ihrer Höhle sah, ärgerte sie sich sehr und brüllte laut. Voller Angst rannten da die Kinder weg. Traurig saß Sindbad im Gras und dachte nach. »Warum verbietest du mir, auf zwei Beinen zu gehen?« fragte er seine Pflegemutter. Die Löwin antwortete ihm nicht.

»Ich will lernen, auf eigenen Füßen zu stehen wie die anderen Kinder. Dann kann ich in den Wald gehen und meine eigenen Erfahrungen machen.«

Die Löwin brüllte ihn an: »Ich will davon nichts mehr hören. Ich habe es dir verboten, das reicht. Wenn du es doch versuchst, bist du nicht mehr mein Sohn. Dann sieh zu, wo du bleibst! Verstanden?«

Solange die Löwin lebte, fühlte sich Sindbad sicher bei ihr. Insgeheim aber haßte er sie mehr und mehr, denn sie verbot ihm gar zu viel: Er durfte sich nicht schmutzig machen, seine Hemden nicht zerreißen und nicht mit anderen Kindern spielen. Immer sollte er artig und sauber vor der Höhle sitzen. Die Löwin gab auch viel auf den Klatsch der Nachbarinnen, und als ihr Sohn sollte sich Sindbad so benehmen, wie es sich gehörte.

Manchmal wünschte er sich, ein Vogel zu sein, um der Löwin zu entfliehen, aber leider wuchsen ihm keine Flügel.

Seine Kindheit war gar nicht so schön, und oft kam er sich wie ein Gefangener in einem goldenen Käfig vor. Manchmal wünschte er sogar, die Löwin möge sterben, aber sie war stark und kräftig und lebte länger als andere Löwinnen. Sindbad glaubte schon, sie würde ewig leben. Aber da auf Erden nichts ewig dauert, blieb auch die Löwin nicht vom Tod verschont. Sie wurde alt und fühlte ihr Ende nahen, und auf dem Sterbelager verlangte sie nach Sindbad. Dieser setzte sich zu ihr.

»Hör mal zu«, sagte die Löwin. »Ich habe nur noch kurze Zeit zu leben. Aber ich sterbe ruhig, weil ich dich versorgt weiß. Ich hinterlasse dir ein Vermögen, Sindbad, das für dein ganzes Leben reicht. Die Kiste unter meinem Lager ist voller Gold, Diamanten und Perlen. Hüte diesen Schatz und wirf nicht mit leichter Hand das Geld hinaus, sondern vermehre deinen Reichtum.«

»Wie soll ich das machen? Geld vermehrt sich nicht von allein.«

»Da hast du recht«, stimmte die Löwin zu. »Kaufe dir von dem Geld Land und Bauern.

Laß die Menschen für dich arbeiten, und du wirst sehen, wie sich dein Vermögen vermehrt. Vertraue niemandem. Dein Reichtum ist dein bester Freund. Hüte ihn, dann wird er dich behüten.«

Als die Löwin starb, war Sindbad zwanzig Jahre alt. Noch immer konnte er nicht auf seinen eigenen Beinen stehen. Er kroch auf allen vieren und beneidete jeden, der aufrecht gehen konnte. Er hatte jetzt viel Geld und konnte sich alles kaufen. Dennoch war er nicht zufrieden. »Wenn es jemanden gäbe, der mir beibringt, auf eigenen Füßen zu stehen, ich würde ihm mein ganzes Vermögen schenken«, sagte er.

Er beschloß, den Wald zu verlassen und sich einen Lehrer zu suchen. Unterwegs traf er eine Fee. Sindbad fragte sie: »Kennst du einen weisen Mann, der mich lehrt, auf eigenen Füßen zu stehen? Ich kann alles bezahlen, ich habe viel geerbt.«

Darauf antwortete die Fee: »Ich habe einen Zauberring. Wenn du ihn reibst, erscheint ein Geist und erfüllt dir deine Wünsche.« Sindbad war begeistert und gab der Fee fast sein ganzes Vermögen für diesen Ring. Dreimal rieb Sindbad den Zauberring, und plötzlich erschien vor ihm ein riesiger Geist. Er war so zehn Meter lang und sein Kopf größer als der eines Ochsen.

Er verbeugte sich vor Sindbad und fragte: »Was wünschen mein Herr?«

»Sage mir, in welches Land ich reisen soll, damit ich jemanden finde, der mich lehrt, auf eigenen Füßen zu stehen.«

»Gibt es hier in Bagdad keinen Lehrer, der diese Fähigkeit hat?« erkundigte sich der Geist.

»Ich habe keinen gefunden, auch traue ich mich nicht zu fragen, denn hier kennen mich alle, und es ist mir peinlich, wenn die Leute auf diese Weise erfahren, daß ich, der Sohn der Löwin, einen Lehrer brauche. Die Menschen halten mich nämlich für viel stärker, als ich in Wirklichkeit bin. Ich will in ein fremdes Land gehen, wo mich keiner kennt, und bei einem tüchtigen Lehrer alles lernen, was man erlernen kann.«

Der Geist riet ihm: »Dann fahre nach Indien. In der Nähe von Neu-Delhi lebt seit dreißig Jahren ein Mönch in einer Höhle, die er jedoch nie öffnet. Ich aber habe den Schlüssel zu dieser Höhle und kann ihn dir geben.«

»Und was möchtest du dafür?«

»Den Zauberring. Damit erlange ich meine Freiheit zurück, und niemand kann mich mehr rufen.«

Sindbad überlegte einen Augenblick und stimmte dann zu. Er vertauschte den Zauberring gegen den Schlüssel zur Höhle. Der Schlüssel war aus reinem Gold und wog wohl dreißig Pfund. Sein Kopf war kunstvoll geformt und mit Diamanten besetzt. Der Geist sagte zu Sindbad: »Hundert Diamanten sind auf dem Schlüssel. Gib acht, daß du keinen verlierst. Verlierst du auch nur einen Stein, paßt der Schlüssel nicht mehr zur Höhle, und du gelangst nicht zu dem Mönch.«

Sindbad war von dem kostbaren Schlüssel begeistert und rief: »Ich werde den Schlüssel hüten wie meinen Augapfel. Ich binde ihn um den Hals, einen sichereren Platz gibt es nicht.« Gesagt, getan. Zunächst war die Kette mit dem Schlüssel sehr schwer für Sindbad und zerrte an seinem Hals, doch allmählich gewöhnte er sich daran.

Die Sonne war schon hinter dem Horizont versunken, und die Sterne funkelten hell und klar. Da fiel Sindbad ein, daß er vergessen hatte, den Geist nach dem Weg zu fragen. Traurig saß er da, und Tränen begannen, ihm über die Wangen zu laufen.

Zwei Kinder kamen mit einem Esel vorbei und blieben vor Sindbad stehen. »Warum weinst du?» fragten sie. Er erzählte ihnen seine Geschichte. »Wenn wir gemeinsam ein kleines Schiff bauen und es auf das Wasser stellen, können wir nach Indien segeln«, trösteten ihn die Kinder.

»Ich kann nur Papierschiffe bauen«, sagte Sindbad. »Und die versinken immer gleich im Wasser.«

»Wir nehmen natürlich Holz«, belehrten ihn die Kinder. »Und Stoff für die Segel.«

»Das ist eine tolle Idee. Da mache ich mit«, rief der Esel. Sindbad wunderte sich, wieso der Esel sprechen konnte. Aber die Kinder sagten: »Mach kein so erstauntes Gesicht, wir haben einen klugen Esel.«

Gemeinsam bauten sie ein kleines Boot und setzten es auf das Wasser. Sindbad lachte: »Wie winzig es ist. Nicht einmal ein Zaunkönig hat darin Platz.« Aber die Kinder lachten nicht. Sie sagten zu Sindbad: »Wir müssen aus vollen Lungen pusten, damit das Schiff größer wird.«

Sie pusteten sieben Tage und sieben Nächte, und vor ihren Augen wuchs das Schiff und wuchs, und die weiten Segel blähten sich im Wind. Froh, es endlich geschafft zu haben, bestiegen Sindbad, die Kinder und der Esel das Schiff.

»Wann geht die Reise los?« wollte der Esel wissen.

»Morgen früh, kurz vor Sonnenaufgang«, antwortete Sindbad.

Sie gingen noch zum Basar und kauften Hammelfleisch, Honigmelonen, Datteln, Feigen, Rosinen und viele Karaffen voll Wasser, denn sie wollten Vorrat für einen ganzen Monat mitnehmen.

Kurz vor Sonnenaufgang segelten sie los und nahmen Kurs Ost. Ein frischer Wind blähte die

Segel, und das Schiff kam gut voran. Sindbad war noch nie gesegelt, doch die Kinder konnten es gut. Zwei Tage vergingen, und das Schiff durchschnitt den Ozean munter wie ein Haifisch. Am dritten Tag erhob sich Sindbad aus seiner Koje und ging an Deck zum Ruder, wo sich die Kinder meistens aufhielten. Aber keines von beiden war zu sehen. Sindbad überfiel eine große Angst, und er durchsuchte das ganze Schiff nach ihnen. Sie blieben verschwunden. Er weckte den Esel und teilte ihm die Nachricht mit. Mit einem Satz stand der Esel auf allen vieren: »Sie können nicht weg sein«, rief er. »Ich durchsuche das Schiff.«

Obwohl sie jeden Winkel des Schiffes absuchten, fanden sie die Kinder nicht. Beide beratschlagten, was zu tun sei. »Du hast doch bei den Kindern gesehen, wie man segelt«, sagte der Esel zu Sindbad.

»Schon«, gab dieser zu, »aber allein getraue ich mich nicht. Es ist ein Unterschied, ob die Kinder neben mir stehen und sagen, was ich tun soll, oder ob ich alles allein entscheiden muß.«

»Ob sie ein Walfisch verschluckt hat?« fragte der Esel.

»Das glaube ich nicht, das hätten wir bemerkt«, erwiderte Sindbad.

»Aber wo können sie nur sein?«

»Das ist mir auch ein Rätsel. Und was machen wir jetzt?« fragte Sindbad.

»Du mußt das Schiff allein steuern«, erklärte der Esel.

»Allein wage ich es nicht«, wehrte Sindbad ab. »Wir müssen es gemeinsam versuchen.«

Anfangs fiel es ihnen sehr schwer, die Segel bei Sturm rechtzeitig zu raffen oder sie zu setzen, wenn ein mäßiger Wind wehte. Doch nach einer Woche waren Sindbad und der Esel schon ganz gute Segler. Als Sindbad merkte, daß er das Schiff auch allein führen konnte, war er sehr stolz auf sich.

Doch dann kamen sie in eine Zone, in der kein Lüftchen sich mehr bewegte. Alles Schimpfen und Fluchen half nichts, und auch Sindbads neu erworbene Kenntnisse brachten das Schiff nicht von der Stelle.

Plötzlich hörte Sindbad eine Stimme. Ihm war, als ob eines der Kinder, die mit ihm das Schiff gebaut hatten, zu ihm spreche: »Fülle eine Tasse mit Meerwasser. Puste dreimal darüber, und ein Wind wird aufkommen und euer Boot antreiben.«

Sindbad versuchte herauszufinden, woher die Stimme kam, doch er sah nur eine große, schwere Wolke am Himmel. »Das geht nicht, du spinnst wohl«, antwortete er der Stimme, »aus meiner Puste wird kein Wind. Komm herunter und sage mir, was ich machen soll.«

Wieder sprach die Stimme: »Wir können dir

nicht alles erklären. Zeige selbst, was du kannst.«

Der Esel sagte zu Sindbad: »Wir wollen machen, was die Stimme uns rät.« Sindbad gab nach, füllte eine Tasse mit Meerwasser und pustete dreimal darüber. Plötzlich kam ein starker Wind auf. Die Segel blähten sich, das Schiff nahm Fahrt auf, und schnell wie ein Pfeil flogen sie über den Ozean.

Sie segelten die ganze Nacht hindurch. Am Morgen legte sich der Wind etwas. Sindbad und der Esel waren erschöpft, wurden aber durch die ersten Sonnenstrahlen wieder munter. Sindbad sah hinaus auf das weite Meer. Silbern tanzten die Wellen. Sindbad schöpfte neuen Mut.

An einem Freitag liefen sie in einem indischen Hafen ein. Im Hafen lagen große und kleine Schiffe aus allen Ländern der Welt. Sindbad warf den Anker aus, holte tief Luft und sagte: »Gott sei Dank, endlich sind wir am Ziel.« Er umarmte den Esel. »Wir haben unsere große Reise hinter uns.«

»Dafür müssen wir uns bei den Kindern bedanken«, gab der Esel zur Antwort. »Ohne ihre Hilfe wären wir tot und Futter für die Fische.«

Am Abend leuchteten im Hafen viele Lichter,

denn die Schiffe waren mit bunten Lampions geschmückt. Sindbad war von dem Anblick überwältigt. Noch nie in seinem Leben hatte er so viele schöne Schiffe beisammen gesehen. An Land fragte Sindbad einen Fischer: »Feiert ihr heute ein Fest in der Stadt?«

»Nein, wieso?«

»Weil alle Schiffe beleuchtet sind.«

»Das ist bei uns so üblich. Wenn die Boote und Schiffe im Hafen sind, werden die Lampions entzündet. Du warst wohl noch nie in einer indischen Hafenstadt?«

»Leider nein, es ist das erste Mal.«

Nun wurde der Fischer neugierig: »Woher kommt ihr?«

»Von sehr weit her, aus Bagdad«, antwortete Sindbad. »Kannst du uns vielleicht ein Restaurant empfehlen? Wir sind müde und haben großen Hunger.«

»Hier am Hafen gibt es viele Restaurants, doch die meisten sind nicht sehr gemütlich und trotzdem teuer. Wie wäre es mit dem Basar?«

»Ist es weit zum Basar?«

»Eine halbe Stunde zu Fuß. Dort speist man gut und preiswert.«

Sindbad und der Esel bedankten sich höflich bei dem Alten und schlugen die Richtung ein, die der Fischer ihnen gewiesen hatte. Eine breite Straße führte zum Basar. Hier drängten sich die Menschen, und immer wieder kam es zu

Stauungen. Viele Frauen trugen kleine Kinder auf dem Rücken und bettelten. Ältere Kinder verkauften Süßigkeiten, andere trugen Schuhputzkästen unter dem Arm und boten den Passanten ihre Dienste an. Die meisten Fußgänger in dieser Straße aber gingen barfuß. Sie waren so arm, daß sie sich keine Schuhe leisten konnten.

Nur die Kühe spazierten zufrieden durch die Straßen, und die Menschen machten ihnen den Weg frei und fütterten sie zumindest mit einem Stück Brot oder einer Melone. Sindbad sagte erstaunt: »Hier gibt es viele Kühe, und doch sind die Menschen so mager. Warum schlachten sie nicht die Kühe und stillen mit dem Fleisch ihren Hunger?«

Als sie jemanden auf der Straße danach fragten, schüttelte der nur den Kopf über die Fremden. Die Kühe seien in Indien heilig, erklärte er ihnen, niemand dürfe sie schlachten. Aber viele Menschen seien doch am Verhungern, entgegnete ihm Sindbad, sei es da nicht verantwortungslos, die Kühe zu schonen?

»Aber mein Herr«, rief da der von Sindbad Angesprochene, »wie können Sie den Kühen die Schuld an unserer Not geben? Täglich verhungern hier Hunderte von Menschen. Und das hat seine Gründe. In diesem Land gibt es Menschen wie die Maharadschas, die sind steinreich. Ihnen gehören ganze Provinzen, riesige Ländereien und Bodenschätze. Sie leben in Palästen und speisen fürstlich. Die Mehrheit der Inder aber ist bettelarm.«

Endlich erreichten Sindbad und der Esel den Basar. Sie fanden ein kleines Restaurant. Über den Tischen im Innenhof breitete sich ein stämmiger Jasminbaum aus, und die Rosen, die entlang der Mauer wuchsen, dufteten stark. Die beiden Gäste wuschen sich Gesicht und Hände und nahmen an einem Tisch Platz. Sindbad erkundigte sich beim Kellner, was er ihnen empfehle.

»Das kommt darauf an, wieviel ihr ausgeben wollt«, entgegnete ihm dieser.

»Wir möchten probieren, was die Menschen dieses Landes essen«, erklärte ihm Sindbad.

Der Kellner zählte auf. »Die Farbigen essen Curryreis. Die eine etwas hellere Hautfarbe haben, essen Reis mit Gemüse. Und die Weißhäutigen essen Reis, Gemüse und Eier.«

»Wer sind die Farbigen?« erkundigte sich Sindbad.

»Die von Gott Verfluchten. Gott hat sie mit einer dunkleren Hautfarbe bestraft. Sie sind unsere Arbeiter und Bauern und müssen die schwersten und niedrigsten Arbeiten verrichten. Die nächste Kaste hat eine etwas hellere Hautfarbe. Zu ihr gehören die kleinen Geschäftsleute und kleinen Landbesitzer. Aber die

Weißhäutigen liebt Gott am meisten. Sie besitzen viel Land und große Geschäfte.«

»Und zu welcher Kaste gehören die Priester?« wollte Sindbad wissen.

»Das ist doch selbstverständlich, mein Herr, die Brahmanen gehören zur höchsten Kaste. Auch heiraten einander immer nur Angehörige der gleichen Kaste. Ein Dunkelhäutiger dürfte sich nie mit einer Hellhäutigen verbinden. Aber ihr, meine Herren, habt eine helle Haut, also habt ihr auch Geld. Ich brauche eigentlich gar nicht zu fragen, ihr eßt bestimmt Eier.«

Schon nach kurzer Zeit setzte der Kellner seinen beiden Gästen Curryreis, Gemüse und Rühreier vor. Und obwohl die Speisen verführerisch dufteten, war Sindbad inzwischen der Appetit vergangen.

In diesem Augenblick trat ein alter Mann in den Innenhof. In der Linken trug er einen Korb, in der Rechten hielt er eine Flöte. In der Mitte des Hofes setzte er sich auf die Erde, stellte den Korb neben sich und begann eine wiegende Melodie zu flöten. Schon nach wenigen Tönen steckten sieben Schlangen ihre Köpfe aus dem Korb und schoben ihre Körper nach. Sie waren grüngolden und hatten alle die gleiche Größe. Der Körper des Mannes bewegte sich hin und her, und die sieben Schlangen wiegten sich im gleichen Rhythmus.

Sindbad war von dem Tanz der Schlangen begeistert. Er vergaß alles um sich herum und sah nur noch den alten Mann und die tanzenden Schlangen.

Plötzlich löste sich eine der sieben Schlangen aus dem Reigen, kroch zu Sindbads Tisch und versuchte, einen Schluck heißen Jasmintee aus seinem Glas zu trinken. Voller Angst wich Sindbad vor ihr zurück und versuchte zu fliehen. Doch geschickt rollte sich die Schlange auf seinen Fuß. Sindbad stand da wie angewurzelt. Er meinte, in seiner Kindheit gehört zu haben, daß nur eine gereizte Schlange zubeißt. Die Schlange vor ihm ließ sich nicht in ihrem Vorhaben stören, trank einen Schluck aus seinem Glas und schmiegte sich an Sindbad, der noch immer wie erstarrt dastand.

Die Schlange schien Sindbads Angst zu spüren. Sie ringelte sich an ihm hoch, bis sie sein Ohr erreichte, und flüsterte: »Du brauchst keine Angst vor mir zu haben, ich bin nicht dein Feind. Vielleicht können wir uns gegenseitig helfen.«

»Wer bist du? Was willst du von mir?«

»Ich bin ein Wesen wie du, ich brauche deine Wärme«, gab ihm die Schlange zur Antwort. »Man hat uns Schlangen als böse und gefährlich beschrieben, weil unser Biß tödlich sein kann; auch seien wir die großen Menschheitsverführerinnen. Doch in Wahrheit sind wir wie ihr. Wir möchten mit euch leben, und ihr solltet uns nicht als eure Feinde betrachten.«

Allmählich wuchs Sindbads Vertrauen in die Schlange. Sie spürte es und ließ seinen Fuß frei. Sindbad fragte sie: »Wenn ich dir meine Wärme gebe, was gibst du mir dafür? Man sagt, ihr seid sehr weise. Würdest du mich deine Weisheit lehren?«

»Man erzählt vieles über uns, was nicht stimmt. Wissen kann man einem anderen nicht wie mit einer Schaufel in den Mund schieben. Wissen muß man sich selbst aneignen. Aber was ich weiß, will ich gerne an dich weitergeben.«

Sindbad spürte die samtene Haut der Schlange. Fast hätte er sie gestreichelt. Aber hatte er in seiner Kindheit nicht immer wieder gehört, daß man Schlangen nicht streichelt. Und solche Warnungen aus der Kinderzeit bleiben hängen, auch als Erwachsener schleppt man sie weiter mit sich herum. Sindbad hätte sich gern der Schlange anvertraut, doch er wagte es nicht, und das machte ihn ganz verrückt.

Der Esel dagegen hatte von Anfang an ein anderes Verhältnis zu der Schlange. Er hatte sich nie vor Schlangen gefürchtet, und so faßten beide gleich Vertrauen zueinander.

Die Schlange wandte sich wieder an Sindbad: »Was fehlt dir, Ärmster?«

»Ich möchte auf zwei Beinen gehen können. Nun habe ich gehört, daß hier in Indien ein Mönch lebt, der mir den aufrechten Gang beibringen kann. Deshalb bin ich gekommen.«

»Wenn du bei dem Mönch in die Lehre gehen willst, weißt du denn, wo du ihn triffst?«

»Eben nicht. Mir wurde gesagt, er habe sich in einer Höhle in der Nähe von Neu-Delhi eingeschlossen. Den Schlüssel zu dieser Höhle trage ich um meinen Hals.«

»Zeige ihn mir.« Sindbad zog den Schlüssel unter seinem Gewand hervor. Die Schlange beroch ihn von allen Seiten: »Dein Schlüssel riecht nach Weihrauch, wie er in einem Tempel verbrannt wird.« Danach schwieg die Schlange. Sindbad war beunruhigt. »Sage mir, ob du die Höhle kennst«, bat er die Schlange. Sie schwieg noch immer. Angst kroch in Sindbad hoch. Er bat sie noch einmal: »Antworte mir wenigstens!«

Die Schlange hob den Kopf und begann zu erzählen:

»Vor langer, langer Zeit lebte meine Urahne, auch eine Schlange, mit den Vorfahren dieses Mönches in einem sehr schönen Garten zusammen. Sie waren gute Freunde, bis ein Fremder kam und behauptete, der Garten gehöre ihm. Der Vorfahre des Mönches glaubte dem Fremden, er fürchtete sich vor ihm und tat alles, was dieser von ihm verlangte, nur um in dem schönen Garten bleiben zu dürfen. Der Fremde entdeckte in dem Garten einen Apfelbaum mit wunderbaren rotbäckigen Äpfeln. Sofort wollte er diese Früchte nur für sich allein besitzen und verbot dem Vorfahren und seiner Frau, von den Früchten des Baumes zu kosten.

›Du kannst dir von allen Früchten des Gartens nehmen, nur nicht von diesem Apfelbaum‹, sprach er.

Da stand nun der Apfelbaum verlockend inmitten des Gartens. Niemals zuvor hatten der Vorfahre und seine Frau das Verlangen gehabt, gerade diese Äpfel zu essen. Doch seit es der Fremde verboten hatte, erging es ihnen wie den meisten Menschen: Gerade das Verbotene reizt sie.

Der Schlange hatte der Fremde nicht verboten, von den Früchten zu kosten, weil er wohl fürchtete, von ihr gebissen zu werden. Eine Zeitlang nahmen der Vorfahre und seine Frau wirklich keine von den verbotenen Früchten, und der Fremde freute sich, solch treue Diener gefunden zu haben. Doch der Frau gefiel die Sache nicht. Sie sprach zu ihrem Mann: ›Wir waren vor dem Fremden in diesem Garten. Nichts war verboten, alles gehörte uns. Wieso kann er uns verbieten, von diesem Baum zu essen? Ich werde einen Apfel probieren.‹

Sie ging zu meiner Urahne, der Schlange, und erzählte ihr von dem Vorhaben. Meine Urahne sagte zu der Frau: ›Die Äpfel von diesem Baum schmecken sehr gut. Du und dein Mann, ihr habt den Garten bestellt, also ist es euer Recht, die Früchte zu essen, die ihr möchtet.‹

›Aber der Fremde behauptet, ihm gehöre der Garten, wir seien seine Diener.‹

›Glaubst du das?‹ fragte meine Urahne die Frau.

›Wir wissen nicht, wer recht hat‹, antwortete die Frau des Vorfahren.

›Die Erde gehört allen Menschen‹, erklärte meine Urahne. ›Jeder hat das Recht, ihre Früchte zu genießen. Ich selbst habe schon von dem Apfelbaum gekostet.‹

Da wurde die Frau des Vorfahren sehr neugierig. Sie folgte der Schlange zu dem Baum und wählte einen Apfel aus. Es war ein besonders schönes Exemplar, zwei Pfund schwer, glänzend und von einem wunderbaren Rot. Die Frau biß ein kleines Stückchen davon ab und war begeistert von dem Geschmack.

Sogleich rannte sie zu ihrem Mann und reichte ihm den Apfel, damit er auch davon koste. ›Er schmeckt herrlich‹, sagte sie. Zuerst hatte der Vorfahre Angst, denn der Fremde hatte ihm verboten, die Früchte dieses Baumes zu probieren. Aber seine Frau überredete ihn, und schließlich biß auch er ein Stückchen von dem Apfel ab.

Als der Fremde erfuhr, daß seine Diener

ungehorsam gewesen waren, wurde er zornig und wies sie aus dem Garten. Und statt sich mit seiner Frau und der Schlange gegen den Fremden zu verbünden und um den Garten zu kämpfen, flüchtete der Vorfahre mit seiner Frau hinaus in die Wüste. Meine Urahne aber blieb allein im Garten zurück.

Seitdem gibt es keine Freundschaft mehr zwischen den Menschen und den Schlangen, und das ist bis heute so geblieben. Nun kennst du meine Geschichte, und wenn du willst, kann ich dich jetzt zur Höhle führen. Betreten darf ich sie aber nicht.

Doch mache dir keine allzu großen Hoffnungen. Wie du auf eigenen Füßen stehst, das mußt du selbst lernen. Da helfen dir nur deine eigenen Erfahrungen.«

»Ich möchte aber gerne hin. Bitte, führe mich zu der Höhle. Ich werde dir ewig dankbar sein.«

Die Schlange ringelte sich zurück zu dem alten Mann und sagte ihm, daß sie Sindbad begleiten wolle. Sindbad bezahlte inzwischen seine Rechnung und nahm Abschied von dem Esel, denn der wollte ihn nicht zur Höhle begleiten. Er hielt nicht viel von Mönchen und glaubte erst recht nicht an Wunder.

Die Schlange bewegte sich über verwilderte Pfade, wo noch kein Mensch gegangen war, und

den Gang weiter, die Musik wurde lauter, und endlich hörte er hinter einer Tür Stimmen von Männern und Frauen. Sindbad schob seinen Kopf hoch und schaute durch das Schlüsselloch. Im Kerzenschein sah er nackte Frauen und Männer. Einige aßen von einem saftigen Braten, der auf einer silbernen Platte angerichtet war, andere prosteten sich mit gefüllten Weinkrügen zu. Die Frauen peitschten die Männer, und die Männer stachen den Frauen mit langen Nadeln ins nackte Fleisch. Wilde Schreie, Stöhnen, Fluchen und hysterisches Gelächter drangen aus dem Raum. So schnell er konnte, kroch Sindbad den langen Gang zurück und die Wendeltreppe wieder nach oben.

»Hier bin ich falsch«, sagte er zu sich selbst. »Das ist nicht die Höhle, die ich suche. Die Schlange hat mich betrogen, sie hat mich an die falsche Stelle geführt.«

Als er endlich die Tür erreicht hatte und den Tempel verlassen wollte, packte ihn eine eiserne Hand von mindestens zwanzig Metern Länge und eineinhalb Metern Breite am Genick. Sindbad zitterte und schrie um Hilfe. Plötzlich tauchte ein großer fetter Mann vor ihm auf. Er trug ein gelbes Gewand aus Seide und hatte eine goldene Krone auf dem Kopf. An jedem seiner Finger funkelte ein mit Edelsteinen besetzter Ring. Der Mann war von mittlerem Alter, mit kräftigem Körperbau, verlebtem

Gesicht und blassen Augen. In der Hand trug er ein goldenes Zepter.

»Was hast du hier zu suchen?« fragte er mit tiefer Stimme. »Was willst du mitten in der Nacht in meinem heiligen Tempel? Zu dieser Stunde werden hier keine Gottesfeiern mehr für euch zelebriert. Wer hat dich überhaupt hereingelassen?«

Sindbad kam das Gesicht des Mannes bekannt vor. Vielleicht war er einer von denen, die er vorhin durch das Schlüsselloch beobachtet hatte? Das erste, was Sindbad ihm antwortete, war: »Laßt meinen Hals los, damit ich die Fragen beantworten kann.« Der Mann gab ein Zeichen, und die eiserne Hand ließ von Sindbad ab.

»Ein Geist gab mir diesen Schlüssel. Mit ihm habe ich die Türe geöffnet. Ich komme von weit her«, sagte Sindbad. »Woher kommst du?« wollte der Mann wissen. »Aus Bagdad. Ich suche einen Mönch, der seit mehr als dreißig Jahren in einer Höhle lebt, wie mir der Geist versicherte. Er soll mich lehren, auf zwei Füßen zu stehen. Ich habe mein ganzes Geld ausgegeben, um hierher zu kommen. Aber ich sehe ein, das ist nicht die Höhle, die ich suche, und von dem Leben eines Mönches habe ich auch eine andere Vorstellung. Bitte verzeih, daß ich ohne Erlaubnis hier eingedrungen bin, und laß mich gehen. Hier, den goldenen Schlüssel kannst du behalten, ich brauche ihn nicht mehr.« Damit reichte Sindbad dem Mann den Schlüssel.

»Du bist schon am richtigen Platz«, antwortete der Fette. »Und wie man seine Beine gebraucht, das bringe ich dir sofort bei.«

Der Mann schwang eine kleine Glocke, und auf einmal strömten seine Diener von allen Seiten herbei. Sie hielten Kerzen in den Händen, schwangen Weihrauchkessel und warteten auf die Befehle ihres Herrn. Er suchte zwei kräftige Männer aus, die sich auf Sindbad stürzten und ihn mit Gewalt auf einen Stuhl setzten. Sie banden ihm Arme und Beine mit Eisenketten fest, daß er sich nicht wehren konnte, und zogen ihm Ober- und Unterkiefer so auseinander, daß sein Mund weit offen stand. Der fette Mann öffnete eine Kiste und entnahm ihr viele Bücher. Eines nach dem anderen steckte er Sindbad in den Mund und schob mit einer Schaufel nach. Es waren heilige Bücher, und sie blieben Sindbad im Halse stecken. Er rang nach Luft, die Tränen flossen ihm aus den Augen, und er meinte, ersticken zu müssen.

Doch der fette Mann ließ nicht nach. Sindbad kaute und würgte, und was er ausspucken wollte, schoben ihm die Diener Gottes wieder in den Mund. Sein Bauch schwoll so an, als habe er den halben Ozean ausgetrunken. Sindbads Herz klopfte schwächer, er fühlte sein Ende nahen, denn er konnte so viele Bücher auf einmal nicht verdauen. Der fette Mann befahl seinen Dienern, Sindbad loszubinden. Bewußtlos rutschte dieser vom Stuhl und blieb auf dem Fußboden liegen. Der Fette ärgerte sich darüber und sagte zu seinen Gottesdienern: »Aus diesem Mann wird nie ein frommer Mensch. Packt ihn und schmeißt ihn aus unserem heiligen Tempel. Er ist in Sünden geboren und wird auch in Sünden sterben.«

Die beiden Diener warfen Sindbad aus dem Tempel. Selbstzufrieden kehrten sie zu ihrem Herrn zurück, wuschen ihn und sich selbst und begannen mit der Vorbereitung ihrer Gottesfeier.

Aus dem Dickicht schlängelte sich die Schlange. Sie hatte nicht den Rückweg angetreten, als Sindbad sich allein auf den Weg in die Höhle gemacht hatte, sondern sich unter Blättern und Zweigen eine warme Bleibe gesucht, um ihn zu erwarten. Als sie ihn jetzt so liegen sah, hinausgeworfen aus dem Tempel, dachte sie, daß er tot sei, und in ihr war große Trauer. Sie beschloß, ihn unter Blättern und Zweigen zu beerdigen, und begann mit ihrem traurigen Vorhaben.

Plötzlich bemerkte sie, daß Sindbad noch schwach atmete. Aus seinem geöffneten Mund ragte die Ecke eines Buchdeckels. Da wußte sie, was ihm widerfahren war.

Um ihn zu retten, spuckte die Schlange winzige Mengen Gift in Sindbads Mund. Das ließ ihn ein Buch nach dem anderen erbrechen. Endlich kehrte wieder Leben in ihn zurück. Sein Atem wurde regelmäßiger und kräftiger.

Die Schlange leckte ihm das Blut aus dem Gesicht und half ihm, als er ein wenig bei Kräften war, sich tiefer in den dichten Wald zu schleppen. Dort schlief er sieben Tage und sieben Nächte, bis er wieder bei Kräften war.

Als er am Morgen des achten Tages die Augen öffnete, sah er die Schlange vor sich. Verwundert versuchte er zu begreifen. Die Schlange erzählte ihm, wo sie ihn gefunden hatte und in welch elendem Zustande.

»Ich werde dir ewig dankbar sein, daß du mein Leben gerettet hast«, rief Sindbad.

Die Schlange wehrte ab: »Was ich für dich getan habe, hätte ich auch für jeden anderen getan.«

Sindbad verspürte den Wunsch, mit ihr zu tanzen, und er sagte es ihr.

Geschmeidig streckte da die Schlange ihren Körper in die Höhe und wiegte sich rhythmisch hin und her.

Auch Sindbad begann zu tanzen. Plötzlich sah er erschrocken einen aufrechten Schatten neben sich tanzen.

»Das bin ja ich«, rief er.

Seit diesem Tag fühlte Sindbad sich wie neugeboren, hatte sich der Wunsch all dieser Jahre doch endlich erfüllt: Er konnte aufrecht gehen. Freudentränen in den Augen, umarmte Sindbad die Schlange. Er bat sie herzlich, seine Freundschaft anzunehmen.

Nach einigen Tagen erreichten sie die Hafenstadt.

Lange hatte der Esel am Kai ausgeharrt und glaubte Sindbad schon verschollen. Nun wollte er seinen Augen kaum trauen, als er Sindbad aufrechten Ganges entdeckte.

Noch am selben Abend lichtete Sindbad den Anker. Begleitet von Esel und Schlange segelten sie bei günstigem Wind nach Bagdad zurück.

Karakus und Iwas

Der lachende König

Vor etwas mehr als zweitausend Jahren war Bagdad eine riesige Stadt. Im Zentrum breitete sich ein großer, bunter Basar aus. In dieses Labyrinth führten zahllose Straßen. Über die engen Gassen des Viertels hatten die Bewohner Dächer aus weißem Stoff gespannt, um sich vor der Sonne zu schützen. An allen Ecken standen Brunnen, an denen die Händler ihre Kamele und Pferde tränkten.

Ein Laden reihte sich an den anderen, und viele Karren standen davor. Lautstark boten die Händler Kleider, Schuhe, Teppiche, Geschirr, Wasserpfeifen und Tabak, Möbel, Schmuck, Waffen und Sättel an. Auf den Karren türmten sich Obst und Gemüse, Fleisch und Fische, Brot und Gewürze. An vielen Ständen wurden Säfte ausgeschenkt, frisch gepreßt aus Orangen, Zuckerrohr, Zitronen, Birnen und vielen anderen schmackhaften Obstsorten.

Freitag war immer ein besonderer Tag im Basar. Dann kamen alle Bauern aus der Umgebung herbei, um ihre Waren zu verkaufen.

Jeden Freitag konnte man auch Karakus, den Spaßmacher, im Basar antreffen. Karakus war vierzig Jahre alt und mit einem Meter und vierzig Zentimetern ziemlich klein. Alle Kinder mochten ihn gerne, weil er mit seinen großen schwarzen Augen rollen konnte und dabei seine Ohren wackeln ließ. Das brachte die Kinder immer wieder zum Lachen. Karakus kam nie allein. Immer hatte er seinen Esel bei sich. Karakus und Iwas, so hieß der Esel, waren gute Freunde. Iwas war mit bunten Blumenketten geschmückt, und sein weißes Fell war liebevoll gestriegelt und glänzte in der Sonne.

Von einem Teil des Geldes, das er für seine Darbietungen bekam, kaufte Karakus für Iwas und sich Süßigkeiten und Melonen. Den Rest verteilte er an arme Kinder, die sich Bonbons nie hätten leisten können.

Einmal ging Karakus zu einem jungen Schuhputzer, der auf der Straße auf Kunden wartete. Karakus bat den Jungen, der kaum acht Jahre alt war, seine Schuhe zu putzen.

Der Junge blickte Karakus verdutzt an, trug dieser doch keine Schuhe. Karakus lächelte und sagte, er solle trotzdem putzen.

So machte der Junge, was von ihm verlangt wurde, schmierte viele Farben auf die Füße von Karakus und wienerte sie blank. Als er fertig war, fragte der Junge noch einmal: »Warum wollten Sie, daß ich Ihre Füße putze?« Karakus strich dem Jungen liebevoll übers Haar: »Du sollst auch was verdienen.« Und gab ihm ein paar Silbermünzen. Der junge Schuhputzer schaute Karakus mit großen Augen an und bedankte sich.

In einem Winter herrschte große Hungersnot. Viele Menschen mußten sogar Katzen und Hunde essen. Die Vorratskammern im Palast des Königs waren jedoch bis unter die Decke voll. Reis, Hirse, Linsen, Weizen, Kichererbsen, weiße Bohnen, Datteln, Pinienkerne und Pistazien füllten zentnerschwere Säcke. In riesigen Fässern lagerten Olivenöl und die besten Weine.

Der König hieß Seilan und war so dick, daß er kaum laufen konnte. Vier Diener mußten ihn auf einem goldenen Sessel tragen. Seilans Lieblingsessen war Huhn. Deshalb fraß er von früh bis spät nur Hühner. Außer Essen hatte er auch noch andere Beschäftigungen: Schachspielen und Wasserpfeiferauchen.

Wenn sich die Ställe im Garten des Palastes leerten, schickte der König seine Soldaten zum Basar und in die Dörfer. Dort raubten sie den Leuten die Hühner, und wer es wagte, sich zur Wehr zu setzen, wurde auf Befehl des Königs auf der Stelle aufgehängt. Die Menschen waren sehr traurig, und manchmal beteten sie, daß der

König bald sterben und endlich Frieden im Lande herrschen möge.

Diese Not kam Karakus zu Ohren. Sieben Tage und sieben Nächte überlegte er, wie er helfen könne. Dann hatte er eine Idee. Er sammelte Hunderte von Schildkröten vom Strand auf und dressierte sie. Als es Nacht wurde, klebte er auf jede Schildkröte eine Kerze, zündete sie an und legte viele Mohrrüben aus. Die Schildkröten fraßen alle auf, denn Mohrrüben mögen sie sehr gern. Auf diese Weise lockte Karakus sie bis vor den Palast.

In der Dunkelheit sahen die Schildkröten von weitem wie eine Kompanie Soldaten aus. Vor lauter Angst rannten die Palastwächter fort, schnappten ihre Pferde und ritten davon.

Karakus packte alle Lebensmittel, die er in den unbewachten Speisekammern des Königs finden konnte, auf seinen Esel Iwas und führte ihn zum Basar. Am nächsten Morgen verteilte er alles an die Bewohner der Stadt.

Zwei Tage später wurde Karakus jedoch erwischt und mit Iwas in ein finsteres Verlies geworfen. Dort gab es für sie nur Wasser und Brot.

Schon eine Woche schmachteten sie dort, als König Seilan hörte, daß Karakus ein Spaßmacher sei. Seilan ließ Karakus zu sich holen und versprach ihm, ihn und seinen Esel freizulassen, wenn es ihm gelänge, ihn zum Lachen zu bringen. Das hätte bisher niemand geschafft. Bliebe Karakus erfolglos, würde er ihn und seinen Esel aufhängen lassen.

Von einer Hexe hatte Karakus einmal gehört, daß der König herzkrank sei. Das wollte er sich nun zunutze machen. In einem großen Saal baute Karakus eine kleine Bühne auf. Darauf stellte er nur einen Stuhl und ein Bett. Den König ließ er in der Mitte des Saales Platz nehmen. Rechts und links von ihm saßen seine Haremsdamen, hinter ihm seine Wesire. Nach einem Gongschlag begann Karakus mit dem Spiel. Iwas, der Esel, legte sich auf das Bett, und Karakus kitzelte seine Hufsohlen mit einer Feder. Iwas begann zu lachen und lachte und lachte. Auch die Wesire konnten sich das Lachen nicht verkneifen, und dann lachten auch die Haremsdamen. Nur Seilan verzog keine Miene.

Da forderte Karakus den König auf, auf die Bühne zu kommen und mitzuspielen. Seilan fragte, welche Rolle er übernehmen solle. Karakus antwortete, er solle das tun, was er ihm sage. Er wies den König an, sich auf das Bett zu legen. Dann zog er ihm die Schuhe aus und kitzelte seine Füße. Seilan lachte nur ein bißchen. Da kitzelte Karakus ihn heftiger, mal an den Fußsohlen, mal unter den Armen.

Nun lachte der König mehr und mehr. Er lachte und lachte und hörte nicht mehr auf, bis er vor lauter Lachen einen Herzanfall bekam und tot vom Bett fiel. Beim Aufschlag seines massigen Körpers platzte sein dicker Bauch, und alle Hühner, die er gegessen hatte, flatterten heraus und flogen zu den Bauern zurück.

Als die Leute erfuhren, daß der König tot war, feierten sie ein großes Fest, sieben Tage und sieben Nächte lang. Und alle forderten, daß Karakus König werden solle.

Der aber wollte lieber Spaßmacher bleiben und weiterziehen. Die Bewohner von Bagdad trauerten sehr, als sie hörten, daß Karakus sie verlassen wolle. Sie boten ihm viel Geld, damit er in Bagdad bleibe. Aber Geld war für Karakus nicht wichtig. Er hatte den Einwohnern geholfen, und sie brauchten seine Hilfe nun nicht mehr. Der böse König Seilan war ja tot.

Der breite Fluß

Karakus war mit seinem Esel Iwas auf dem Weg in die Stadt Dschubeiah. Unterwegs begegneten sie einem Landstreicher, der Abd Al Asis hieß und einen drei Meter langen Bart trug. Wenn er lief, mußte er aufpassen, daß er nicht auf seinen Bart trat und stolperte. Wo immer er entlangging, brauchte man nicht mehr zu kehren, denn mit seinem langen Bart hatte er bereits alle Gassen saubergefegt.

Wenn Abd Al Asis Reis oder Hirse aß, blieben viele Körner in seinem Bart hängen. Und wenn er dann eingeschlafen war, flogen die Vögel in seinen Bart und pickten die Körner auf. Deshalb brauchte er sich auch nie um seinen Bart zu kümmern.

Karakus wunderte sich über diesen langen Bart. »Wie unpraktisch«, dachte er. Auch Iwas, der Esel, lächelte und stieß Karakus an: »Gib dem Mann Geld, er soll zum Friseur gehen.«

Abd Al Asis fühlte sich gekränkt. »Ich habe genug Geld, aber ich will meinen Bart nicht abschneiden lassen. Seit fünfzig Jahren habe ich mich nicht mehr rasiert, und dabei bleibt es!«

»Aber weshalb rasierst du deinen Bart nicht, bist du zu faul dazu?« fragte Karakus.

»Nein«, erwiderte Abd Al Asis, »eine Frau hat mir eines Abends gesagt, wenn ich mich rasiere, werde ich sterben, und ich liebe das Leben.«

»Wohin reist ihr?« fragte Abd Al Asis.

»Nach Dschubeiah«, antwortete Karakus.

»Kann ich mitkommen?«

Karakus und Iwas hatten nichts dagegen. Abd Al Asis freute sich, daß er Begleiter gefunden hatte.

Bald kamen die drei Wanderer an eine Holzbrücke, die über einen Fluß führte. Doch die

Brücke war morsch und verfallen, und es gab auch kein Boot, das sie ans andere Ufer hätte bringen können. Der Fluß war sehr breit. Sie hätten mindestens eine Woche im kalten Wasser schwimmen müssen, da wären sie gewiß erfroren.

Plötzlich fing Iwas zu schreien an und schwenkte seinen Kopf hin und her. Die Gefährten schauten auf und erblickten einen großen Wal im Fluß.

»Das Problem ist gelöst«, meinte Karakus erleichtert. »Wir setzen uns einfach auf den Rücken des Wals, und der bringt uns ans andere Ufer.«

Der Wal schwamm auf sie zu. Er hatte silberne Augen und einen goldenen Schwanz. Als er dicht am Ufer war, fragte Karakus ihn, ob er sie hinüberbringen könne. Aber der Wal verstand die Menschensprache nicht und fragte Iwas, was Karakus von ihm wolle. Iwas übersetzte, und sofort nickte der Wal zustimmend.

Abd Al Asis hatte große Angst, aber als er sah, wie Karakus und Iwas auf den Wal kletterten, machte er es ihnen nach.

Am anderen Ufer angekommen, fragte Iwas den Wal, ob er ihm auch einen Gefallen tun könne. Der Wal antwortete: »Ja, ich muß so schnell wie möglich ins Meer zurück. Seit einer Woche quäle ich mich in diesem Fluß herum und kann nicht mehr weg. Als ich hierher schwamm, um ein paar Süßwasserleckerbissen zu fangen, hatte ich genügend Platz, aber gleich darauf fiel ein großer Felsbrocken vom Berg herab und versperrte mir den Rückweg. Wenn ihr es schafft, den Felsen wegzuräumen, werde ich euch sehr dankbar sein. Meine Kinder warten auf mich. Sie sind noch sehr klein und brauchen meine Nähe. Außerdem will ich den Flußfischen nicht zuviel Futter wegnehmen.«

Iwas und Abd Al Asis versuchten, den Stein wegzuschieben, doch der war zu schwer. Karakus stieg auf seinen Esel und ritt in den Wald, um Hilfe zu holen.

Nach einer Weile kehrte er mit einem Elefanten zurück. Sie brauchten jetzt nur noch ein Seil, damit der Elefant den Felsbrocken aus dem Wasser ziehen konnte. Sie suchten und suchten, aber sie fanden keines.

Iwas, dem Esel, kam ein guter Einfall: »Was ist mit dem Bart unseres Freundes Abd Al Asis? Daraus könnten wir ein Seil flechten.«

»Aber natürlich«, antwortete Karakus, »sogar ein sehr festes. Wir müssen ihn aber zuerst fragen, ob er damit einverstanden ist.«

Abd Al Asis hatte große Angst, seinen Bart abzuschneiden, weil die Frau ihm ja gesagt hatte, er müsse dann sofort sterben. Karakus versuchte vergeblich, ihn vom Gegenteil zu überzeugen: »Ich habe meinen Bart schon oft geschnitten und lebe immer noch. Das war bestimmt eine böse Frau, die dir das erzählt hat.«

So wartete Karakus, bis Abd Al Asis in tiefem Schlaf lag, um ihm mit einer Schere den langen Bart abzuschneiden.

Am nächsten Morgen wachte Abd Al Asis auf und wollte wie gewohnt in seinen Bart greifen. Doch zu seinem Schrecken stellte er fest, daß er ohne Bart dalag. Angst um sein Leben stieg in ihm auf. Doch dann begann er, sich allmählich mit dem Gedanken zu beruhigen, daß er ja noch lebte, obwohl ihm der Bart fehlte. Schließlich spürte er, wie in ihm mehr und mehr die Erleichterung überwog, von einer schweren Last befreit zu sein.

Gemeinsam begannen Karakus und Abd Al Asis, aus dem abgeschnittenen Bart ein dickes Seil zu flechten. Karakus band das eine Ende an den Felsen und das andere um den Elefanten.

Der Elefant zog mit aller Kraft, doch der Stein bewegte sich nicht. Da ging Karakus noch einmal zurück in den Wald und holte eine ganze Elefantenherde. Er zeigte ihnen, was sie tun sollten, und nach ein paar Minuten hatten die Elefanten den schweren Felsbrocken tatsächlich weggeräumt.

Der Wal hatte jetzt genug Platz, um ins Meer zurückzuschwimmen. Und Abd Al Asis blieb auch ohne Bart am Leben.

Iwas schlug dem Wal vor: »Heute abend

müssen wir alle feiern. Morgen schwimmst du zu deinen Kindern zurück. Einverstanden?« Der Wal war einverstanden.

Abends feierten sie ein großes Fest. Iwas sang, die Elefanten tanzten und der Wal blies hohe Wasserfontänen dazu. Karakus freute sich und klatschte Beifall. Sie saßen am Lagerfeuer und aßen und tranken die ganze Nacht hindurch. Dann machte sich der Wal auf die Reise zurück ins Meer zu seinen Kindern.

Abenteuer in Dschubeiah

Am dritten Tag in der Morgendämmerung zogen Karakus, Iwas und Abd Al Asis weiter in Richtung Dschubeiah. Als sie dort ankamen, war die Sonne bereits untergegangen und die Tore der Stadt waren schon verschlossen. »Erst morgen früh können wir die Stadt betreten«, meinte Karakus zu seinen Gefährten. So schliefen sie draußen unter den Bäumen. Der Himmel war klar, und die Sterne funkelten ihr fernes Licht zur Erde.

Iwas erwachte als erster. Er war gerade dabei, das Frühstück zu bereiten, als er plötzlich am Horizont eine große schwarze Wolke erblickte. Es wurde düster und auch etwas kühler. Als die Wolke näher und näher kam, bemerkte Iwas, daß es gar keine Wolke, sondern ein Riesenvogel war. Er begrüßte den Vogel: »Guten Morgen, Adler, was für eine Überraschung, dich nach so langer Zeit wiederzusehen!« Da erinnerte sich der Adler an Iwas, den Jugendfreund, und voller Freude umarmte er ihn mit beiden Flügeln.

»Ich mache gerade Frühstück«, sagte Iwas, »gleich kannst du heißen Kaffee kriegen und mit uns essen, wir haben getrocknetes Hammelfleisch, das reicht für uns alle.« Der Adler freute sich über die Einladung und flatterte mit seinen glänzenden, schwarzweißen Flügeln. Als er Platz genommen hatte, erzählte Iwas: »Ich bin nicht allein hier, meine Freunde Abd Al Asis und Karakus sind auch dabei.«

Mit einer Glocke weckte Iwas seine Gefährten. Als Abd Al Asis den Adler am Frühstückstisch sah, griff er nach seiner Flinte, um den Adler zu erschießen, denn er hatte große Angst vor ihm.

Da schrie Karakus ganz laut: »Schieß nicht, Abd Al Asis, bist du verrückt geworden, er hat uns doch nichts Böses getan!« Aber Abd Al Asis war noch immer mißtrauisch: »Er frißt unser ganzes Frühstück auf, und wenn er davon nicht satt wird, wird er auch uns verschlingen!«

»Das stimmt nicht«, warf Iwas ein. »Der Adler ist ein alter Freund von mir, er ist nicht böse. Ich habe ihn zum Frühstück eingeladen. Wir haben genug zu essen.«

Nun endlich steckte Abd Al Asis seine Waffe wieder ein und wurde ganz kleinlaut. Während sie aßen, hatte Abd Al Asis aber immer noch Angst, daß der Adler ihm etwas wegnehmen würde. Doch der Adler aß nur, was Iwas ihm reichte.

Als sie mit dem Frühstück fertig waren, fragte Karakus den Adler, ob er denn nicht bei ihnen bleiben wolle. »Wo wollt ihr denn hin?« erkundigte sich der Adler.

»In Dschubeiah wollen wir einen Zirkus für die Kinder bauen, und wenn du Lust hast, kannst du mit uns arbeiten«, antwortete Karakus.

»Mit Vergnügen«, freute sich der Adler. Und so gingen sie zusammen auf die Stadt zu, doch die Tore waren noch immer verschlossen. Karakus und Abd al Asis riefen: »He, hallo, ist denn niemand da?« Aber nichts rührte sich, Totenstille.

»Es muß doch jemand da sein, um die Tore aufzumachen«, wunderte sich Karakus. »Wir können nicht zurückkehren, bevor wir nicht wissen, was hier los ist.« Auf die Stadtmauer konnten sie nicht klettern, denn die war viel zu hoch. Vier Stunden vergingen, und nichts geschah. Die Tore von Dschubeiah blieben verschlossen. Da kratzte sich Iwas am Kopf und rief. »Ich hab's, der Adler könnte uns hochtragen!« Der Adler tat, was Iwas vorgeschlagen hatte. Und einen nach dem anderen trug er über die hohe Stadtmauer.

Dschubeiah kam ihnen wie eine Totenstadt vor. »Was ist hier nur los?« Abd Al Asis schaute seine Gefährten ratlos an. »Du mußt laut schreien«, sagte Karakus, »vielleicht hört uns jemand.« Abd Al Asis schrie so laut er konnte, bis er heiser wurde und keinen Laut mehr von sich gab. Aber es half alles nichts. Niemand regte sich.

Karakus überlegte eine Weile und schlug dann seinen Freunden vor: »Bleibt hier, ich komme gleich wieder.« Gemeinsam mit Iwas ging er weg. Sie kamen an einem riesigen Tempel vorbei, und da sahen sie die Bevölkerung von Dschubeiah drinnen sitzen und beten.

Karakus fragte leise einen alten Mann, was denn los sei, und der alte Mann antwortete: »Bei uns hat es lange Zeit nicht geregnet. Unsere Felder sind schon fast verdorrt und unsere Brunnen versiegt. Deshalb wollen wir heute den Göttern ein Mädchen opfern, damit sie uns Regen schicken. Seit einer Woche sitzen wir hier schon und beten. Wenn es heute nicht regnet, müssen wir das Mädchen verbrennen. Wir haben keine andere Wahl.«

Karakus schrie erregt: »Ihr seid wohl verrückt, den Göttern ein junges Mädchen zu opfern! Statt hier zu sitzen und zu beten, solltet ihr lieber neue Brunnen bauen.«

Karakus stellte sich in die Mitte des Tempels und versuchte, sein Vorhaben zu erläutern. Aber die Priester ließen ihn nicht zu Worte kommen. Sie befahlen, Karakus sofort zu verhaften. »Er ist ein Rebell, er verleugnet unsere Religion. Das können wir nicht zulassen.«

Karakus wurde festgenommen und mit langen, dicken Stöcken geschlagen. Iwas aber gelang es, aus dem Tempel zu entkommen.

Die Soldaten stießen Karakus in einen Kerker, sperrten zu und verschwanden. Als sich Karakus Stunden später in dem Verlies aufrappelte, konnte er zunächst nichts sehen, so dunkel war es. Es stank jedoch fürchterlich, weil die Zelle nie saubergemacht worden war.

Nachdem sich seine Augen an die Finsternis gewöhnt hatten, konnte er dann doch etwas erkennen. Das Verlies war sehr eng, zwei Meter lang und eineinhalb Meter breit, hatte dicke, feuchte Wände und ein kleines vergittertes Fenster, das kaum Sonne hereinließ. Eine verschimmelte Strohmatte, ein wackeliger, von Würmern durchlöcherter kleiner Holztisch und eine verrostete Öllampe, das war die ganze Einrichtung.

Mit einiger Mühe ließ sich Karakus auf der Strohmatte nieder. Seine Glieder schmerzten, sein ganzer Körper war voller blauer Flecken.

Plötzlich sprangen zwei Affen auf ihn zu und klammerten sich an ihn. Zur Begrüßung küßten und umarmten sie ihn. Karakus erschrak über diesen Empfang. Doch seine Angst schwand rasch, weil er es gewohnt war, Tiere um sich zu haben. Er streichelte die Affen und lächelte. Die Affen freuten sich, daß sie nicht mehr allein waren, und versprachen ihm ihre Freundschaft. Dann fragte Karakus, warum man sie hier eingesperrt hätte. Einer der Affen erklärte: »Wir sind von den bösen Priestern bestraft worden, weil wir gegen die Verbrennung des jungen Mädchens protestiert haben. Wir wollten sie retten, leider ist es uns nicht gelungen. Nun sind wir schon zwei Tage hier.«

Karakus tröstete sie: »Das Mädchen lebt noch, aber wenn kein Regen fällt, soll es noch heute geopfert werden. Wir müssen etwas unternehmen. Ich bin auch verhaftet worden, weil ich darüber denke wie ihr.«

Während sie sich unterhielten, hörten sie plötzlich ein Geflatter am Gitterfenster. Es war der Adler. Er hatte von Iwas erfahren, was im Tempel geschehen war und daß sein Freund Karakus im Gefängnis saß. Jetzt war er da, um ihm zu helfen. Unter Aufbietung aller Kräfte gelang es dem Adler schließlich, die eisernen Gitter des kleinen Zellenfensters mit seinem starken Schnabel ein wenig beiseite zu drücken. Die Öffnung war jedoch nur so groß, daß die beiden Affen hindurchschlüpfen konnten. Als diese ihre Freiheit wiedererlangt hatten, besorgten sie sich kräftige Stöcke und verprügelten damit die Gefängniswärter. Während des Kampfes gelang es den Affen, den Schlüssel zur Gefängnistür zu schnappen, und wenig später schlossen sie die Zelle auf, in der Karakus saß. Als alle wieder in Freiheit waren, erzählten die beiden Affen Karakus, daß sie von einem geheimen Tempel in der Nähe wüßten, in dem Tausende von Vögeln gefangen wären. Den Weg dorthin würden sie mit Leichtigkeit finden. Sie wollten die Vögel um Hilfe bei der Rettung des Mädchens bitten. Karakus stimmte dem Vorschlag der Affen zu. So führten sie ihn zum Vogeltempel, einem riesigen Bauwerk mit vielen Treppen und hohen Säulen aus schwarzem, gelbem und grünem Marmor. Mosaikmalereien schmückten die Wände, und in jeder Ecke standen Götterstatuen aus Gold und Perlmutt. Tausende von ausgehungerten Vögeln drängten sich aneinander. Alle hatten matte Federn, ein trauriger Anblick. Karakus war entsetzt angesichts der abgemagerten Vögel. Er konnte sich nicht erinnern, jemals derart ausgemergelte Tiere gesehen zu haben.

Die beiden Affen verrieten ihm den Grund: »Die Priester lassen die Vögel absichtlich hungern, bis das Mädchen verbrannt ist. Dann erst geben sie ihnen viel Futter und Wasser. Die ausgehungerten Vögel werden sich dabei den Magen verderben und Durchfall bekommen. Und wenn sie dann auf dem großen Platz freigelassen werden, machen sie alles voll. Die Einwohner denken dann, daß es regnet. Die Menschen hier sind nämlich noch sehr gläubig. Und das ist es, was die Priester ausnutzen, damit ihre Herrschaft unbestritten bleibt.«

»Dann müssen wir eben schlauer sein als diese Priester«, meinte Karakus. »Was willst du denn machen?« fragten die Affen. »Das werdet ihr gleich sehen«, antwortete Karakus.

Er bat darum, einige Säcke Hirse und Wasser zu besorgen. Die Affen liefen zu einem Lebensmittelladen und schnappten sich einige Säcke. Karakus streute die Körner auf den Boden des Tempels. In wenigen Minuten pickten die Vögel alle auf und wurden dabei dick und rund. Dann gab Karakus den Vögeln zu trinken, öffnete das Tor des Tempels und ließ die Tiere frei. Der Himmel verdunkelte sich. Nur noch Minuten blieben bis zur Verbrennung des Mädchens. Die Vögel flogen über den Platz und ließen ihren Vogelmist fallen, so daß alle glaubten, es regnete. Das Mädchen wurde freigelassen. Die Priester ahnten natürlich, daß jemand ihren Trick entdeckt hatte, und gleich hatten sie Karakus in Verdacht.

»Den müssen wir sofort loswerden«, waren sie sich einig und schickten Soldaten aus. Doch die kamen zu spät. Karakus hatte den Leuten auf dem Platz bereits erklärt, daß es sich nicht um Regen, sondern um den Mist der Vögel handelte.

Die Bewohner von Dschubeiah machten sich daran, nachzuprüfen, was sie von Karakus gehört hatten. Sie fanden, daß er ihnen die Wahrheit gesagt hatte. Wütend darüber, daß sie von den Priestern betrogen worden waren, jagten sie diese aus dem Tempel und aus der Stadt. Und für die Zeit der Trockenheit bauten sie dann einen neuen großen Brunnen, wie es ihnen Karakus empfohlen hatte.

Das Mädchen, dem Karakus und seine Gefährten das Leben gerettet hatten, hieß Ibtisam. Ibtisam war ein hübsches Mädchen. Sie hatte große schwarze Augen, und ihr langes, braunes Haar reichte bis an die Hüften. Wenn sie lachte, glänzten ihre schneeweißen Zähne, und in ihren Wangen bildeten sich kleine Grübchen. Ihr Gesicht sah sehr blaß aus, weil sie während der wochenlangen Gefangenschaft immer nur Brot und Wasser bekommen hatte.

»Ich habe niemanden. Kann ich bei euch bleiben?« fragte das Mädchen. Keiner hatte etwas dagegen. Auch die beiden Affen blieben da. Gemeinsam begannen sie, Pläne für den Zirkus zu schmieden.

Im Basar von Dschubeiah, auf einem großen Platz, bauten sie ein riesiges Zirkuszelt auf. Iwas schleppte das Holz heran, die Affen halfen mit ihren geschickten Händen beim Zimmern, und Ibtisam schmückte das Zelt liebevoll mit bunten Lampions und Blumen.

Als alles fertig war, kam Karakus die Idee, daß auch ein Bär im Zirkus auftreten solle. Sieben Tage und sieben Nächte lang suchte Karakus daraufhin in der Umgebung von Dschubeiah einen Bären, doch nirgends konnte er einen finden. Am achten Tag entdeckte Karakus tief im Wald ein schneeweißes Haus mit einem großen Garten. Inmitten des Gartens stand ein Brunnen aus schwarzem Marmor. Darin schwammen viele kleine Goldfische. Im Garten duftete es von roten Rosen und weißem Jasmin. »Der Garten ist sehr hübsch und auch das Haus«, dachte Karakus. »Die Leute, die darin wohnen, sind bestimmt glücklich.«

Er wollte eine rote Rose für Ibtisam pflücken, doch als er sich bückte, tauchte vor ihm plötzlich ein riesiger Bär auf. Vor lauter Angst begann Karakus zu zittern.

»Du brauchst keine Angst zu haben«, beruhigte ihn der Bär. »Du bist heute abend mein Gast. Die Nacht kannst du bei mir ausruhen, und morgen früh setzt du deine Reise fort. Ich habe einen guten alten Wein, wir können es uns heute gemütlich machen.«

Karakus faßte Vertrauen zu dem Bären und nahm die Einladung an. Doch bevor er einschlief, hörte er ein Wimmern. Er dachte, daß noch ein anderer Gast im Hause sei, der vielleicht Schmerzen hatte. So holte Karakus aus seiner Tasche einige Heilkräuter. In der linken Hand eine Kerze, verließ er den Raum.

Leise öffnete er die Tür eines Zimmers. Dort saß der Bär und schluchzte bitterlich.

Karakus hatte Mitleid mit ihm und glaubte, der Wein sei ihm nicht bekommen. Er bot ihm einige Kräuter zum Kauen an, doch der Bär wehrte ab:

»Ich heule nicht, weil ich Schmerzen habe. Ich bin unglücklich. Ich fühle mich sehr einsam.«

Karakus faßte Mut und fragte den Bären, ob er nicht Lust hätte, nach Dschubeiah mitzukommen.

»Wir brauchen einen Bären für den Zirkus, den ich mit Freunden gebaut habe. Du kannst mit uns arbeiten und wohnen. Wir sind schon eine kleine Familie.«

»Jetzt kann ich das nicht entscheiden«, sagte der Bär nach einiger Überlegung, »morgen früh sage ich dir Bescheid. Es ist sehr nett von dir, daß du an mich denkst.«

Am nächsten Tag stand der Bär sehr früh auf. Er bereitete das Frühstück vor und holte die Pferde aus dem Stall. Er spannte sie vor den

Wagen und weckte Karakus. Als Karakus die Pferde sah, freute er sich, daß der Bär ihn begleiten wollte.

So machten sie sich auf den Weg zu den anderen. Ibtisam, Iwas und Abd Al Asis sahen Karakus und den Bären mit den Pferden, und auch sie waren sehr glücklich. Gemeinsam feierten sie am Abend die Gründung des Zirkus.

Auf den ersten Blick verliebte sich der Bär in Ibtisam. Aber er traute sich nicht, es ihr zu sagen, weil er so häßlich aussah.

Am nächsten Tag war Zirkuspremiere. Im Zelt drängten sich Hunderte von Kindern und richteten ihre Augen erwartungsvoll auf den Eingang der Manege. Ungeduldig rutschten sie auf den Bänken hin und her.

Die Vorstellung begann. Karakus zerbrach zunächst hundert Eier auf dem Kopf von Abd Al Asis. Aus jedem Ei hüpfte ein kleines Küken. Die Kinder lachten, und Abd Al Asis und Karakus bekamen viel Beifall.

Nach einer kurzen Pause kam Karakus noch einmal in die Manege. Er spuckte mehr als zehn Minuten lang Feuer aus seinem Mund. Wieder gab es großen Beifall.

Dann machte Abd Al Asis einige Späße mit Iwas, dem Esel. Mal ritt Abd Al Asis auf Iwas, mal ritt Iwas auf Abd Al Asis.

Dann zeigte einer der Affen akrobatische Kunststücke auf den Pferden, und der andere

Affe trommelte auf dem Schlagzeug dazu. Der Adler schaukelte auf dem Trapez hoch oben unter dem Zeltdach und zeigte dabei stolz seine großen schwarzweißen Schwingen.

Zuletzt tanzte der Bär mit Ibtisam. Eine halbe Stunde dauerte der Tanz, ohne Pause. Wieder lachten die Kinder und spendeten viel Beifall.

Nach einer Woche hatte sich Ibtisam in den Bären verliebt. Als die beiden einmal allein waren, küßte sie den Bären auf beide Backen. In diesem Augenblick verwandelte sich der Bär in einen hübschen Mann. Ibtisam schaute ihn verwundert mit großen Augen an. Sie konnte sich nicht erklären, wie das möglich war. Da erzählte er ihr seine Geschichte:

»Vor fünf Jahren war ich noch ein Mensch. Ich hieß Alah El Din und war sehr böse. Ich bestahl viele unschuldige Menschen. Auch von der Liebe hielt ich nichts. Das Geld war für mich damals das Allerwichtigste.

Eines Abends ging ich am Strand entlang und fand dabei eine Öllampe. Ich wischte den Sand weg und rieb sie, bis sie glänzte. In diesem Moment tauchte ein Riese aus dem Meer auf. Er war mindestens zehn Meter groß und sprach mich sofort an: ›Hilf mir. Ich habe mich verirrt. Kannst du mir sagen, wo ich hier bin?‹

›Hier ist die Bucht von Akaba‹, antwortete ich ängstlich. ›Wo willst du hin?‹

›Ich will nach Medina. Weißt du, wie ich da hinkomme?‹

›Hinter dem Gipfel des Berges, den du dort siehst, liegt Medina. Ein Weg führt um den Berg herum.‹

Der Riese kam näher. Vor ihm sah ich aus wie eine Erbse neben einer Melone.

›Da du mir geholfen hast, werde ich dir etwas schenken. Sage mir, welches dein größter Wunsch ist. Ich werde ihn dir erfüllen.‹

Ich wünschte mir ein schneeweißes Haus mit einem großen Garten. Der Riese antwortete: ›Das kannst du haben, aber du mußt mir versprechen, daß in dem Haus auch andere Leute wohnen dürfen.‹

Ich versprach es ihm. Und so bekam ich mitten im Wald ein schönes Haus mit Garten. Aber ich habe mein Versprechen nicht gehalten. Den Besitz wollte ich mit keinem anderen teilen. Da ist der Riese wohl böse geworden und hat mich in einen Bären verwandelt. ›Du bleibst so lange ein Bär, bis ein hübsches Mädchen dich küßt‹, sagte er. ›Dann erst wirst du wieder ein Mensch sein.‹«

Ibtisam hatte Angst, Karakus zu erzählen, daß der Bär ein Mensch geworden war. Sie dachte, daß Karakus wieder losziehen müßte, um einen neuen Bären zu suchen. Und noch einen guten Bären zu finden, war bestimmt schwierig.

Kurz vor der nächsten Vorstellung erfuhr Karakus von den Affen, daß der Bär sich in einen Menschen verwandelt hatte. Karakus aber war gar nicht böse, sondern freute sich darüber, daß Ibtisam einen Freund gefunden hatte.

Karakus ging zu Alah El Din und sagte: »Du sollst uns nicht verlassen. Du kannst weiter mit uns im Zirkus arbeiten. Ich werde für dich eine Bärenmaske machen, und die Vorstellung ist gerettet. Dennoch wollen wir die Kinder nicht verschaukeln. Wenn dein Auftritt zu Ende ist, nimmst du die Maske ab.« Alah El Din war einverstanden.

Den Kindern machte es gar nichts aus, daß die Bärenrolle von einem Menschen gespielt wurde. Der Zirkus war gut besucht, und einmal in der Woche war der Eintritt frei für alle Kinder.

Eines Tages aber heirateten Ibtisam und Alah El Din und zogen in das schöne weiße Haus, in dem Alah El Din als Bär gelebt hatte.

Ein Glas Löwenmilch

Iwas, der Esel, rannte aufgeregt auf Karakus zu. Dieser war gerade dabei, im Wald Kräuter zu sammeln, um daraus Medikamente herzustellen. »Was ist mit dir, Iwas?« fragte Karakus überrascht, »hat dich jemand geärgert oder geschlagen?« Iwas weinte laut und leckte Karakus' Hände. »Unser Zirkus ist gerade von üblen Kerlen niedergebrannt worden!« »Ist das wahr?« rief Karakus. Iwas nickte. »Dann müssen wir so schnell wie möglich das Feuer löschen!« »Es ist alles vorbei«, sagte Iwas traurig, »es gibt nichts mehr zu löschen. Der ganze Zirkus ist zu Asche verbrannt.«

»Und unsere Freunde, die dort schliefen? Abd Al Asis, der Adler, die Affen und die Pferde, was ist mit ihnen?«

»Alle sind tot«, schluchzte Iwas.

Karakus nahm sich zusammen und fragte mit stockender Stimme: »Haben die Verbrecher eine Spur hinterlassen?«

»Nein.«

»Wir müssen die Verbrecher suchen, wir müssen sie bestrafen! Ich werde keine Ruhe geben, bis ich sie erwischt habe. Und wenn es mein Leben kostet! Kommst du mit mir, Iwas?«

»Selbstverständlich. Ich habe dich nie allein gelassen.«

Karakus streichelte Iwas zärtlich, dann packte er Wasser, Brot und Datteln in seinen Ledersack.

Zuerst aber wollten sie zu Ibtisam und Alah El Din gehen und ihnen die traurige Nachricht mitteilen. Doch bevor sie die Stadt verließen, fiel Iwas ein, daß es besser sei, die Asche zu sammeln und in Urnen zu füllen. Und so kehrten Karakus und Iwas dorthin zurück, wo einmal der schöne Zirkus gestanden hatte. Weinend sammelten sie die Asche auf.

Dann machten sie sich auf den Weg zu Alah El Din und Ibtisam. Es war Nacht und sehr kalt. Das ist immer so in der Wüste. Nach einem heißen Tag kommt eine kalte Nacht. Karakus und Iwas konnten die Kälte jedoch gut ertragen, denn sie waren warm angezogen. Sie brauchten eine Stunde, bis sie bei Ibtisam und Alah El Din ankamen. Die beiden wußten sofort, daß etwas Schlimmes geschehen war, weil Karakus ein so blasses Gesicht hatte und Iwas seinen Kopf kaum aufrichtete.

Karakus erzählte seufzend, was geschehen war. Ibtisam rief sofort: »Ich komme mit, die Verbrecher verfolgen!«

Doch Iwas schlug vor: »Bevor wir uns auf die Suche nach den Verbrechern machen, soll Alah El Din seine magische Lampe holen, vielleicht hilft sie uns.«

»Das ist eine gute Idee«, sagte Karakus und bat Alah El Din, die Lampe herbeizubringen. Dieser holte die Lampe aus dem Keller und rieb sie einige Male. Da tauchte plötzlich wieder der Riese auf. Durch das Dach des Hauses mußte ein großes Loch gestoßen werden, damit der Riese stehen konnte. Als er zu sprechen begann, zersprangen alle Fensterscheiben.

»Was wünschst du?« fragte der Riese. »Etwa noch ein Haus?«

»Nein«, antwortete Alah El Din, »ich möchte, daß du mir verrätst, wer unseren Zirkus niedergebrannt hat.«

Der Riese antwortete: »Wenn du mir ein volles Glas Löwenmilch bringst, werde ich dir die Namen der Verbrecher verraten. Sieben Tage gebe ich dir Zeit.«

»Wo können wir die Löwenmilch besorgen?«

»In der Wüste von Kurban gibt es eine Löwin. Sie hat vor einigen Tagen Kinder geboren. Es ist die einzige Löwin, die ihre Milch an fremde Leute verschenkt. Ihre Milch hat eine besondere Farbe, sie ist grün.«

Wie der Riese gekommen war, so verschwand er auch wieder. Das Loch im Dach schloß sich, und die Fensterscheiben waren plötzlich wieder heil.

Die Wüste von Kurban war sehr weit. Wollte man zu Fuß hingehen, brauchte man drei Monate. Alle waren verzweifelt, doch Iwas flüsterte Karakus ins Ohr: »Wir können in einer Woche wieder hier sein. Ich kenne eine alte Frau, die von einem fliegenden Teppich erzählt hat. Einmal hat sie versucht, diesen Teppich auf dem Markt zu verkaufen. Keiner hat ihn genommen, weil die alte Frau das Geheimwort für den Teppich vergessen hatte.«

Karakus sagte: »Das macht nichts, wir werden das geheime Wort schon finden.«

»Wieviel kostet denn der Teppich?« wollte Ibtisam wissen.

»Zehn goldene Pfund«, antwortete Iwas.

»Ich verkaufe meine goldenen Armbänder, sie bringen sicher mehr als zehn Pfund«, bot Ibtisam an.

»Aber sicher hängst du doch an diesen Armbändern«, warf Iwas ein.

»Nein, die sind mir jetzt nicht mehr wichtig«, sagte Ibtisam entschlossen, »ich will euch helfen, die Verbrecher zu finden.«

Am nächsten Morgen verkaufte Ibtisam ihre Armbänder auf dem Markt in Dschubeiah. Dann suchten sie die alte Frau auf, um den fliegenden Teppich zu kaufen. Zum Glück war der Teppich noch da. Sie reichten der Frau das Geld und nahmen den Teppich, legten ihn auf die Straße und setzten sich darauf.

Die Leute, die vorbeigingen, lachten. Sie glaubten, Karakus und seine Freunde wären verrückt. Sie meinten, daß der Teppich nicht fliegen könne, aber Iwas und Ibtisam gaben die Hoffnung nicht auf. Sie sagten immer wieder irgendwelche Worte, doch der Teppich flog nicht. Immer neue Worte erfanden sie, immer vergebens. Schon waren sie dem Verzweifeln nahe und wollten den Teppich liegen lassen, da mußte Iwas plötzlich laut rülpsen – und wupp, erhob sich der Teppich und flog davon. Alle waren glücklich, daß sie nun endlich das geheime Zeichen kannten. Jetzt konnte ihnen nichts mehr passieren.

Über sieben Berge und sieben Meere flogen sie. Nur einen Tag dauerte der Flug, bis sie die Wüste von Kurban erreichten.

Iwas hätte nun wieder rülpsen müssen, um den Teppich auf der Erde landen zu lassen, aber er konnte nicht, weil er keine Luft mehr im Bauch hatte. Da sagte Iwas zu Karakus: »Versuch du es, vielleicht klappt es.« Karakus versuchte es, doch vergeblich. Und auch Alah El Din und Ibtisam gelang es nicht, den Teppich landen zu lassen.

Plötzlich fand Karakus in seiner Tasche weiße Bohnen. Er gab sie Iwas zu fressen, worauf dieser nach ein paar Minuten zu rülpsen begann und der Teppich endlich landen konnte. Zu ihrem Erstaunen befanden sie sich genau vor der Höhle, in der die Löwin mit der grünen Milch wohnte. Doch der Eingang der Höhle war durch eine große, giftige Spinne versperrt. Karakus bat sie höflich, Platz zu machen, aber die Spinne bewegte sich nicht. Sie saß starr da. Daraufhin baten Alah El Din und Iwas die Spinne, ihnen den Weg freizugeben, aber auch diesmal blieb sie unbeweglich. Ibtisam sah der Spinne in die Augen und bemerkte, daß sie sich nicht mehr bewegten. Die Spinne war tot. Da schoben sie das tote Tier einfach weg und betraten die Höhle. Sie war sehr lang und dunkel. Zum Glück hatten die Eindringlinge Kerzen bei sich. Sie zündeten sie an und gingen tiefer in die Höhle hinein.

Die Grotte war so niedrig, daß niemand in ihr stehen konnte. Nach einigen Minuten hörten sie die Löwin brüllen. Karakus, Iwas und Alah El Din bekamen große Angst, doch Ibtisam, die Mutigste von allen, kroch zu der Löwin und bat sie um ein Glas Milch. Die Löwin verstand die Menschensprache und freute sich sehr, daß der Eingang zur Grotte nicht mehr von der gewaltigen giftigen Spinne versperrt war.

Trotz ihres Hungers tat sie Ibtisam nichts Böses an. Ibtisam erzählte ihr die Geschichte ihres Besuchs, und die Löwin nickte und ließ Ibtisam ein Glas Milch melken. Ibtisam bedankte sich.

Sie stiegen wieder auf den Teppich und flogen zurück nach Dschubeiah. Die Reise hatte nur zwei Tage gedauert, und es blieben ihnen noch fünf Tage, bis der Riese wiederkommen wollte. Als die fünf Tage gerade vergangen waren, tauchte dieser wieder auf. Alah El Din reichte ihm das Glas Milch. Der Riese schaute erstaunt, daß sie die Milch besorgt hatten. »Jetzt kannst du uns auch die Namen der Verbrecher sagen, die unseren Zirkus verbrannt haben.«

Da gab der Riese sein Wissen preis: »Der Gouverneur von Dschubeiah und die Priester kamen während der Nacht in die Stadt zurück. Sie rissen die Macht mit brutaler Gewalt wieder an sich, töteten viele Menschen und gaben einem Mann Geld, damit er den Zirkus heimlich zerstöre.«

Mit diesen Worten nahm der Riese das Glas mit der grünen Löwenmilch an sich und verschwand.

»Nun wissen wir, wer die Verbrecher sind. Wir müssen uns überlegen, wie wir sie am besten bestrafen können.«

Als Karakus diesen Satz beendet hatte, kam ein Mann aus Dschubeiah angerannt. Er teilte mit, daß der Verbrecher erwischt und ins Gefängnis gesteckt worden sei.

»Was nützt uns das!« rief Karakus. »Selbst wenn es stimmt, daß er der Täter ist, haben wir noch immer die Hintermänner nicht. Die richtigen Gauner sitzen ganz woanders. Die müssen wir bestrafen.«

»Beruhige dich, Karakus«, sagte Iwas, »laß uns erst mit dem Mann sprechen, um Genaueres über die Tat zu erfahren.«

Ibtisam, Karakus, Alah El Din und Iwas gingen sofort nach Dschubeiah, erhielten aber keine Erlaubnis, mit dem Gefangenen zu sprechen. Da fiel Ibtisam etwas ein. Sie sagte dem Wärter, der Häftling sei ihr Mann. Nach geltendem Recht stehe es ihr zu, ihren Mann zu besuchen. Nach langem Hin und Her erlaubten ihr die Wärter, eine halbe Stunde mit dem Häftling zusammenzubleiben.

Der Mann saß auf der Pritsche und weinte. Ibtisam begrüßte ihn und erzählte, weshalb sie gekommen sei. Der Mann sagte: »Ich weiß, daß ich Unrecht getan habe. Aber sie haben mich mit Geld verführt, damit ich den Zirkus verbrenne.«

»Wer war es?« fragte Ibtisam ungeduldig.

»Der Gouverneur und die Priester. Als meine Frau davon erfuhr, hat sie mit mir gezankt und geschimpft, ich solle sofort das Geld zurückgeben und den Bewohnern von Dschubeiah die Wahrheit sagen. Ich habe das Geld zurückgebracht und im Basar von Dschubeiah ganz laut gerufen: Der Gouverneur und die Priester sind die Verbrecher! Sie haben mich mit Geld bestochen, den Zirkus von Karakus niederzubrennen. Ich gebe zu, daß ich der Mann bin, der es getan hat! Kurz danach kamen Soldaten und verhafteten mich, denn der Gouverneur und die Priester haben Angst, ihre Macht noch einmal zu verlieren. Ich weiß, ich habe Unrecht getan. Ich bitte um Verzeihung.«

»Ich verzeihe dir«, sagte Ibtisam, »weil du deinen Fehler eingesehen hast.«

»Morgen ist die Gerichtsverhandlung. Wie soll ich mich denn verhalten?« fragte der Mann.

»Du sollst die Wahrheit erzählen«, antwortete Ibtisam. »Du brauchst keine Angst zu haben. Wir werden dir zur Seite stehen. Hast du einen Beweis gegen sie in der Hand?«

Der Mann überlegte einen Moment, dann rief er: »Ja.«

Er holte aus seiner Hosentasche einen zerknitterten Zettel. Darauf war ein großes V und ein großes Z geschrieben, darunter der Stempel des Gouverneurs.

»Was bedeuten diese beiden Buchstaben?«

»Das große V heißt ›Verbrenne‹ und das Z ›Zirkus‹. Behalte den Zettel. Falls mir im Gefängnis etwas geschehen sollte, hast du das Beweisstück in der Hand.« Ibtisam nahm den Zettel, versteckte ihn unter ihrem Hemd und verabschiedete sich.

Auf dem Basar warteten viele Leute auf die Gerichtsverhandlung. Doch nirgends war etwas von Vorbereitungen zur Verhandlung zu sehen. Plötzlich ritten Soldaten auf den Platz und riefen den Wartenden zu: »Heute gibt es keine Gerichtsverhandlung. Der Verbrecher hat sich aufgehängt. Damit ist die Sache erledigt. Geht wieder an eure Arbeit!«

Große Unruhe machte sich breit. Die Soldaten versuchten, die Massen auseinanderzutreiben. Mittendrin stand Ibtisam und schrie laut: »Das ist nicht wahr! Ihr habt den Mann ermordet. Die Gerichtsverhandlung muß heute stattfinden.« Die Soldaten ritten auf Ibtisam zu und wollten sie mit Knüppeln schlagen. Doch die Leute bildeten eine Kette vor Ibtisam und ließen die Soldaten nicht durch. Ibtisam zeigte den Bewohnern den Zettel. Manche waren dafür, daß der Gouverneur und die Priester aufgehängt werden sollten, andere dagegen. Iwas schlug vor, daß man sie ein neues Zirkuszelt bauen lassen sollte. Anschließend sollten sie zwanzig Jahre lang streng bewacht auf den Feldern arbeiten und neue Brunnen bauen. Alle fanden die Idee gut. Karakus und die Bewohner zogen zum Palast, um den Gouverneur und die Priester zu verhaften. Die Frauen hatten Besen in der Hand, die Männer Stöcke. Die Soldaten schlugen in die Menge und versuchten, den Zug zum Palast zu verhindern. Doch die Menschen ließen sich nicht zurücktreiben und drangen bis zum Palast vor. Gemeinsam überwältigten sie die Verbrecher und nahmen sie fest.

Der Palast wurde zu einem großen Zirkus umgebaut, in dem viele Leute Platz hatten. Die Kinder bekamen von nun an immer freien Eintritt.

Karakus übergab den Zirkus an Alah El Din und Ibtisam, denn er hatte großes Vertrauen zu ihnen und war davon überzeugt, daß die beiden für Frieden und Gerechtigkeit in Dschubeiah sorgen würden. Er verabschiedete sich von ihnen und zog, begleitet von Iwas, dem Esel, weiter nach Albasrah. Albasrah war eine große Stadt, fast so groß wie Bagdad.

Räuber zu Besuch

Als die beiden in Albasrah ankamen, war es Mittag, und die Sonne brannte vom Himmel. Der Sand war so heiß, daß man Eier darauf hätte braten können.

Normalerweise hatten die Leute in Albasrah die Gewohnheit, ein Mittagsschläfchen zu halten. An diesem Tag aber blieben die meisten wach. Viele versammelten sich auf der Straße, die Geschäfte waren geöffnet, die Stadt wimmelte von Soldaten. Einige bauten Bühnen, andere schmückten die Straßen mit Fahnen und Palmenzweigen. Andere wiederum errichteten Feuerstellen für das Braten der Hammel. Von allen Häusern wehten bunte Flaggen, und die Straßen waren sauber gefegt. Die ganze Stadt sah feierlich aus. Karakus fragte einen jungen Mann, was hier los sei. »Heute dürfen wir die Tochter des Sultans sehen, weil sie sich verloben wird. In einer Stunde wird ein großer Zug durch die Stadt ziehen. Prinz Mohammed will die Prinzessin in einem Monat heiraten.«

Karakus und Iwas rannten zum Palast. Auch sie wollten die Tochter des Sultans sehen. Kurz vor dem Palast mußte Karakus aber plötzlich, denn er hatte unterwegs zu viele Melonen gegessen. Er suchte verzweifelt nach einem Klo, fand aber keines in der Nähe. So hob er seinen Kaftan und machte auf die Straße.

Da sah er eine Kompanie Soldaten vorbeikommen. Rasch deckte er seinen Turban über den Haufen. Als die Soldaten vor ihm standen, fragten sie neugierig: »Was hast du unter deinem Turban versteckt?«

Karakus antwortete den Soldaten: »Ich habe einen Vogel gefangen. Wenn ihr den Vogel haben wollt, dürft ihr den Turban nicht vom Boden hochheben. Ihr müßt sehr geschickt und schnell unter ihn greifen, sonst fliegt der Vogel weg.«

Die Soldaten fanden das spannend und wollten den Vogel fangen. Alle auf einmal griffen sie mit ihren Händen unter den Turban, und Iwas und Karakus lachten sich über die Gesichter der Soldaten fast tot.

Diese waren sehr wütend, weil man sie so reingelegt hatte. Sie verhafteten Karakus und Iwas.

Der Sultan hörte von der Geschichte und fand sie lustig und lachte viel darüber. »Das ist ein gutes Mittel, um meine Wesire zu bestrafen, wenn sie frech werden!«

Schon am nächsten Tag ärgerte er sich über seine Wesire und beschloß, Karakus nachzuahmen. Er machte auf eine silberne Platte und bedeckte den Haufen mit seiner goldenen Krone. Dann rief er seine Wesire zu sich. Alle rannten zu ihm und stellten sich um die Krone herum. Der Sultan sagte:»Mein teurer Vogel ist aus seinem Käfig entflogen. Mit großer Mühe habe ich ihn gefangen, und jetzt sitzt er unter meiner Krone. Wer ihn heil hervorholt, bekommt eine goldene Medaille zur Belohnung.«

Die Minister hatten aber Angst, sie könnten den Vogel mit ihren Händen zerdrücken und trauten sich nicht, ihn anzufassen.

Der Sultan wurde wütend, weil keiner den Mut hatte, den Vogel zu fangen, und vergaß vollkommen, was da unter seiner Krone lag. Er brüllte sie an wie ein Löwe: »Wenn keiner von euch sich traut, den Vogel zu fangen, dann werde ich es tun, ihr Feiglinge!« So griff er mit beiden Händen unter die Krone. Die Wesire lachten ihn schallend aus, als sie sahen, was er in den Händen hielt. Der Sultan aber knirschte mit den Zähnen und warf seine Wesire aus dem Palast.

Karakus und Iwas wurden auf Befehl des Sultans aus dem Verlies geholt und in den Palast geführt. Der Sultan fragte Karakus, wer er denn sei, daß er sich traue, vor den Palast zu machen.

Karakus antwortete dem Sultan, er sei ein Spaßmacher: »Ich mußte einfach. Aber ich fand kein Klo in der Nähe, und meine Hose war mir zu schade. Sie müssen mehr Toiletten bauen lassen!«

»Hattest du keine Angst vor meinen Soldaten?«

»Ich hatte keine Angst.«

»Hast du auch keine Angst vor mir?«

»Nein! Zwei Ohren, zwei Augen und eine Nase habe ich auch.«

»Ich bin aber der Sultan, ich habe die Macht, dich umzubringen.«

Als der Sultan dies gesagt hatte, fing Iwas an zu lachen. Der Sultan ärgerte sich sehr, weil der Esel über ihn lachte, und brüllte Karakus an: »Dein Esel ist unverschämt, schmeiß ihn hier raus, aber sofort!«

Aber Karakus antwortete dem Sultan: »Wenn einer meinen Esel nicht mag, mag er auch mich nicht. Wohin ich auch gehe, immer nehme ich meinen Esel mit.«

»Warum hat er gelacht, als ich sagte, ich habe die Macht, dich umzubringen?«

»Er hat gelacht, weil er weiß, daß dein Leben mit dem meinen verbunden ist. Wenn du mich tötest, wirst du zwei Tage später auch sterben.«

»Unsinn!« sagte der Sultan und lachte dabei höhnisch.

Iwas schaute den Sultan ganz ernst an und

nickte mit dem Kopf. Der Sultan bekam große Angst vor Iwas und fragte Karakus: »Ist dein Esel ein Wahrsager?«

Karakus antwortete: »Ja!«

»Wenn das stimmt, soll er erraten, wann ich geboren bin.«

Iwas flüsterte Karakus etwas ins Ohr, und der übersetzte es ihm. »Du bist zwei Tage später geboren als ich.«

»Und wann bist du geboren?« fragte der Sultan.

»Ich bin zwei Tage vor dir geboren.«

Der Sultan schrie Karakus wütend an: »Ich will wissen, an welchem Tag und in welchem Monat du geboren bist!«

»Am 12. Februar.«

Da erblaßte das Gesicht des Sultans, denn Iwas hatte die richtige Antwort gegeben. Der Sultan war am 14. Februar geboren. Er befahl sofort, Karakus und Iwas aus dem Gefängnis zu entlassen. Sie wurden gebadet, gesalbt, massiert, in Seide gekleidet und genossen ein fürstliches Mahl. Der Sultan betete, Karakus möge lange leben, weil er glaubte, das Leben von Karakus sei mit dem seinen verbunden. Er befahl auch, daß Karakus und Iwas im Palast wohnen dürften und alle ihre Wünsche erfüllt werden sollten. Schon nach einer Woche aber begannen sich Karakus und Iwas im Palast zu langweilen. Sie wollten lieber in einer kleinen

Wohnung in der Stadt leben und nahmen sich vor, den Palast am nächsten Tag zu verlassen.

Um Mitternacht klopfte jemand ganz leise an die Schlafzimmertür. Es war Nohad, die Tochter des Sultans. Karakus erwachte und öffnete die Tür. Die Prinzessin bat ihn um Hilfe. Sie wollte nicht den Prinzen Mohammed heiraten, denn sie liebte einen anderen, Mustafa, den Töpfer. »Aber mein Vater ist dagegen«, klagte sie, »er will mich zwingen, den Prinzen Mohammed zu heiraten. Wenn ich ihn heirate, werde ich mein ganzes Leben unglücklich sein. Ich wäre dir sehr dankbar, wenn du mir helfen würdest!«

»Wann soll denn die Hochzeit sein?« fragte Karakus das Mädchen.

»In drei Wochen.«

Karakus beruhigte sie und versprach, ihr zu helfen.

Früh am nächsten Morgen schlich er sich mit Iwas aus dem Palast. Auf einem großen Platz mitten im Basar baute er einen Galgen. Er steckte seinen Kopf in die Schlinge und tat so, als wolle er sich erhängen. Große Unruhe kam auf. Als der Sultan erfuhr, daß Karakus sich umbringen wolle, nahm er seine Kutsche und fuhr auf dem schnellsten Weg zum Basar.

»Teurer, mach keine Dummheiten«, flehte er. »Bitte hänge dich nicht auf, du kannst alles von mir haben!«

Karakus aber antwortete dem Sultan nicht. Da wandte sich der Sultan an Iwas und bat ihn: »Iwas, sag Karakus, er soll sich bitte nicht aufhängen, vielleicht hört er auf dich!«

Karakus drehte den Kopf zum Sultan und antwortete ihm: »Ich will kein Geld und auch kein Gold. Ich möchte, daß die Hochzeit deiner Tochter nicht stattfindet. Sie will den Prinzen Mohammed nicht heiraten, denn sie liebt Mustafa, den Töpfer.«

»Du kannst alles von mir verlangen, aber das nicht. Meine Tochter heiratet nie im Leben einen Töpfer, das geht auch gar nicht, denn die Tochter des Sultans kann keinen Töpfer heiraten!«

»Wenn du nicht einverstanden bist«, sagte Karakus, »dann hänge ich mich sofort auf, und du mußt zwei Tage nach mir sterben.« Iwas, der Esel, stand vor dem Galgen und wartete auf das Wort von Karakus, mit der Hinrichtung zu beginnen. Dem Sultan blieb nichts übrig, als nachzugeben.

Sobald er weg war, nahm Karakus seinen Kopf aus der Schlinge und stieg herunter. Vor Freude schlug er Iwas auf den Hintern. Dann tanzten beide durch den Basar.

Mustafa, der Töpfer, besaß dort ein kleines Geschäft. Er formte Ton zu wunderschönen Tassen, Tellern, Vasen und Gefäßen. Seine Kunden schätzten ihn sehr, denn er war ein ehrlicher und fröhlicher Mensch. Der Sultan hatte es nun wohl oder übel erlaubt, daß seine einzige Tochter den Töpfer heiratete. Doch er verstieß sie und gab ihr auch kein Geld für die Hochzeit. Mustafa bedankte sich bei Karakus, weil er ihm geholfen hatte. »Du brauchst dich nicht bei mir zu bedanken, ich helfe gerne anderen Menschen.«

Karakus und Iwas begannen nun, die Vorbereitungen für die Feier selbst zu organisieren. Doch sie taten es gerne. Sie luden alle Einwohner von Albasrah ein.

Karakus bat jeden, er solle einen kleinen Topf mit Essen mitbringen. Die Getränke für das Fest – Wein und Säfte, Kamelmilch und kühles, frisches Wasser – wolle er selbst besorgen. Die Raupen spendeten die Seide für das Hochzeitskleid, und einige Frauen nähten und bestickten es. Es wurde ein schönes, langes weißes Kleid, mit einer über zwanzig Meter langen Schleppe.

Am Freitag fand die Hochzeit statt. Schon um sechs Uhr kamen die ersten Gäste mit ihren Geschenken und Essenstöpfen. Mitten auf dem Platz war eine kleine Bühne aufgebaut. Darauf standen vier bequeme Sessel: zwei für das Brautpaar, einer für Karakus und einer für Iwas.

Iwas sah an diesem Tag besonders hübsch aus. Seine Mähne war schön gekämmt, und eine Kette aus weißen, duftenden Jasminblüten schmückte seinen Hals. Sein Schweif war mit einem roten Rosenkranz umwunden. Karakus hatte zur Feier des Tages seinen schönsten weißen Kaftan an. Die Musikanten fingen um sieben Uhr an zu spielen, und gegen acht füllte sich der Platz. Mustafa war schön gekleidet und kam stolz auf einem weißen Pferd zum Platz geritten.

Jetzt mußten alle die Braut aus der Wohnung holen. Sie gingen in einem großen Zug dorthin. Manche ritten auf Eseln, manche auf Pferden, manche auf Kamelen und manche gingen zu Fuß. Ein riesiger Elefant lief auch mit. Karakus hatte ihn von Kopf bis Fuß mit duftenden Apfelsinenblüten und roten Äpfeln geschmückt, und auf seinem Rücken trug er einen goldenen Sitz.

Nachdem die Braut aus ihrer Wohnung herausgeführt worden war, nahm sie neben Mustafa auf dem Elefanten Platz, und der Zug ging weiter durch die Stadt.

Als der Sultan den Zug vom Fenster erblickte, erblaßte er vor Neid. Nicht einmal seine eigene Hochzeit war so schön gewesen wie diese!

Die alten Leute und die ganz kleinen Kinder, die nicht mit im Zug laufen konnten, warfen Blumen und Datteln aus den Fenstern. Sie freuten sich, denn das war das erste Mal in der Geschichte von Albasrah, daß ein Töpfer und eine Prinzessin heirateten.

Der Zug durch die Stadt dauerte mehr als

vier Stunden. Dann versammelten sich alle auf dem Platz vor der Bühne. In der Mitte saßen Mustafa und seine Braut, links von Mustafa Karakus, rechts von der Braut Iwas. Zur Begrüßung ritten zwanzig tapfere Männer eine Quadrille auf prächtigen Schimmeln. Dann erhob sich Karakus und zauberte. Aus dem Po seines Esels fielen hundert goldene Dukaten. Er reichte sie der Braut als Geschenk. Dann wurde der Heiratsvertrag aufgesetzt. Karakus und Iwas unterschrieben als Zeugen, und dann durfte Mustafa zum ersten Mal seine Braut küssen. In diesem Augenblick fingen die Frauen an zu trillern, zu singen und zu tanzen. Viele Raketen wurden in den Himmel geschossen. Das Essen, das die Leute mitgebracht hatten, wurde auf eine riesige silberne Platte geleert. Alle durften davon essen. Es schmeckte sehr gut, denn die Speisen waren mit viel Liebe zubereitet worden. Jeder reichte seinem Nachbarn davon. Sieben Tage und sieben Nächte dauerte das Fest. In der letzten Nacht waren alle furchtbar müde, nur Karakus und Iwas blieben wach, denn sie mußten aufpassen, daß das Fest friedvoll endete. Mustafa und seine Braut hatten viele Geschenke zur Hochzeit bekommen. Das größte stammte von einem unbekannten Kaufmann: hundert Ölkrüge, die in den Keller gebracht worden waren.

Es war Sitte, daß Karakus und Iwas als Trauzeugen die ersten Wochen bei Mustafa blieben. Um Mitternacht wurde Karakus wach, weil er Alpträume hatte. Er konnte nicht mehr einschlafen und stand auf. Er wollte die Öllampe anzünden, aber es befand sich kein Öl mehr darin. Karakus stieg in den Keller hinab, um etwas Öl zu holen. Er öffnete einen der Krüge, fand in ihm aber kein Öl, sondern einen Räuber. Der hatte sich darin versteckt und hielt schlafend seinen Kopf in den Händen. Karakus erschrak, legte den Deckel behutsam wieder auf den Krug und ging zum zweiten Gefäß. Drinnen war wieder ein Räuber. Nur in einem einzigen Krug fand er Öl. In den anderen 99 Krügen steckten Räuber, alle mit langen Säbeln und Messern bewaffnet. Rasch verließ Karakus den Keller und ging zu Iwas, um ihn zu wecken. Sie überlegten, wie sie die Räuber unschädlich machen könnten. Karakus meinte, daß man alle Krüge fest zuschließen sollte. Aber Iwas sprach dagegen: »Wenn wir die Krüge verschließen, bekommen die Räuber keine Luft mehr, und in kurzer Zeit haben wir 99 Leichen. Wir müssen den Räubern eine Chance geben, bestimmt sind sie vom Prinzen Mohammed bestochen worden. Der ist sicher der Kopf der Bande, und den müssen wir bestrafen.« Sie überlegten, wie man die Räuber am besten lebendig fangen könnte.

Karakus weckte Mustafa und erzählte ihm, was er entdeckt hatte. Als Mustafa seinen ersten Schrecken überwunden hatte, schlug er vor: »Wir müssen die Räuber fangen wie große Fische. Du steckst jedem Räuber einen Korken in den Mund, damit er nicht schreien und seine Kumpane wecken kann. Nohad muß ganz leise auf jeden Krug klopfen. Wenn ein Räuber herausschaut, schlägt Iwas ihm mit dem Stock auf den Kopf, aber nicht zu fest, denn er soll nur in Ohnmacht fallen. Ich feßle ihm dann die Hände und die Füße. Seid ihr einverstanden?« Karakus und Iwas nickten zustimmend. Sie holten die Korken, den Stock und eine lange, feste Schnur. Und dann schlichen sie sich leise in den Keller.

Alles geschah wie abgesprochen.

Sie trugen die 99 ohnmächtigen Räuber nach oben und schlossen sie auf dem Dachboden bis zum nächsten Morgen ein. Die Messer und die Säbel hatte Karakus ihnen weggenommen und in einer großen Kiste versteckt.

Am nächsten Morgen standen Mustafa, seine Braut Nohad, Karakus und Iwas sehr früh auf und wuschen ihre Gesichter. Dann öffneten sie die Dachbodentür, um nachzusehen, was mit den Räubern war. Die 99 lagen noch immer nebeneinander auf dem Boden und schliefen. Iwas machte einen Riesenkrach, um sie zu wecken. Vergebens, denn sie schliefen wie Tote.

»He, he, Männer, steht auf«, rief Karakus und rüttelte einige an den Schultern. Auch das half nichts.

Mustafa und Nohad bekamen Angst. Sie dachten, die Räuber wären bereits tot.

»Nein, nein«, meinte Karakus, »sie sind alle am Leben. Aber durch die Schläge auf den Kopf sind sie noch ohnmächtig. Wir müssen ein bißchen Geduld mit ihnen haben.«

»Wir müssen sie aber wecken, von allein werden sie bestimmt nicht wach«, drängte Iwas und verschwand nach draußen. Er holte 99 Eimer mit eiskaltem Wasser.

Über jeden Kopf schüttete er einen ganzen Eimer aus, und sofort erwachten sie erschrocken. Sie suchten nach ihren Messern und krummen Säbeln, aber vergebens. Dann versuchten sie aufzustehen, um sich zu wehren, doch ihre Mühe war umsonst, denn ihre Hände und Füße waren gefesselt. Karakus und Mustafa beugten sich über sie und nahmen ihnen die Korken aus dem Mund.

»Wo sind wir hier?« riefen alle Räuber wie im Chor.

»Ihr seid im Haus von Mustafa, dem Töpfer. Wir haben euch in den Ölkrügen im Keller gefunden. Mit dem Stock haben wir euch auf den Kopf geschlagen und hier auf den Dachboden geschleppt. Dürfen wir wissen, was ihr im Keller von Mustafa zu suchen hattet und wer euch hierher geschickt hat? Wenn ihr uns die Wahrheit sagt, lassen wir euch frei.«

Zuerst wollten die Räuber nicht reden. Doch allmählich wurde ihnen bewußt, daß sie keine andere Möglichkeit hatten, um ihre Haut zu retten. Und so entschlossen sie sich, die Wahrheit zu sagen. Einer der Räuber hatte einen Kopf wie ein Ochse. Er trug links ein Holzbein und über dem rechten Auge eine schwarze Binde. Um seinen riesigen Kopf war ein schwarzes Tuch geschlungen, und im linken Ohr steckte ein silberner Ohrring. Er sah aus wie ein waschechter Pirat. »Mein Name ist Ali Baba, aber die Leute nennen mich Doppelkopf, mit meinem Kopf kann ich nämlich einen Stein zertrümmern. Ich bin nicht der echte Ali Baba aus dem Märchen, und ich habe auch keinen Schatz. Meine Freunde und ich, wir sind sehr arm. Manche Nacht schon schliefen wir mit leerem Bauch und wußten nicht, womit wir unseren Hunger stillen können. Keiner will uns beschäftigen, weil wir alle schon mal bestraft worden sind.

In einer Oase der Wüste Sinai haben wir uns kennengelernt und zusammengefunden. Dieser Zwerg hier ist mein Bruder. Er wurde zu lebenslanger Haft verurteilt, weil er mal einem reichen Mann ein silbernes Besteck gestohlen hat. Der neben mir Sitzende ist mein Cousin. Er bekam zwanzig Jahre Gefängnis, weil er einem

Aga eine Ziege entwendet hatte. Er tat das nur, damit seine sieben Kinder nicht verhungerten. Der da neben ihm liegt, ist Ali. Er war der Bäcker des Sultans. Einmal wurde er erwischt, wie er heimlich einer armen Familie ein Brot zusteckte. Wir sind alle arme Schlucker und Verfolgte des Sultans.«

Der Zwerg nickte und stimmte Ali Baba zu: »Schon als Kind hat mich meine Mutter auf die Straße von Albasrah zum Betteln geschickt. Von dem einen habe ich ein Stück Brot bekommen, vom anderen einen Schluck Wasser. Ich habe bestimmt viel gelitten in meinem Leben, glaube mir.«

»Wer hat euch hierher geschickt?« fragte Karakus. Der Doppelkopf antwortete zögernd: »Prinz Mohammed. Als er hörte, daß die Tochter des Sultans nicht ihn, sondern Mustafa, den Töpfer, heiraten wollte, hat er uns versprochen, jedem von uns ein Pferd zu schenken und Arbeit zu besorgen, wenn wir Mustafa umbringen.«

»Und ihr glaubt daran, daß er euch belohnen wird, ihr Armleuchter? Er hat euch belogen«, sagte Karakus ärgerlich. »Ich lasse zehn von euch frei, sie sollen angeben, daß ihr Mustafa umgebracht habt. Ihr werdet selbst merken, daß er euch kein Pferd gibt und keine Arbeit. Seid ihr einverstanden?«

»Aber wenn wir dem Prinzen Mohammed

einfach sagen, wir hätten Mustafa umgebracht, glaubt er uns das bestimmt nicht. Man muß ihm einen Beweis bringen.«

Karakus antwortete: »Ich forme einen Kopf aus Wachs, der mit Mustafas Kopf Ähnlichkeit hat und gebe ihn euch als Beweis mit.«

Karakus befreite zehn Männer und schickte sie mit dem Wachskopf zum Prinzen.

Sie erzählten ihm, daß sie alles erledigt hätten, und zeigten ihm das Haupt. Jetzt solle er sie auch belohnen. Da aber sagte der Prinz: »Eure Pferde und eure Arbeit kriegt ihr erst im nächsten Monat, ich habe jetzt nicht genügend Pferde da, und Bedienstete habe ich im Moment genug.«

Die zehn Räuber waren außer sich vor Wut, aber Prinz Mohammed rief sofort seine Diener und Soldaten. Diese waren viel stärker und gut bewaffnet und ergriffen die Männer. Auf Befehl des Prinzen wurden sie ins Gefängnis geworfen.

Zu Hause warteten alle ungeduldig auf die zehn Räuber. Ihre Freunde machten sich große Sorgen um sie. Da kam eine schwarze Eule angeflogen und brachte die Nachricht, daß die zehn Räuber weder Pferde noch Arbeit bekommen hätten, sondern im Gefängnis säßen.

Alle wurden sehr traurig, und der Doppelkopf sagte nachdenklich zu Karakus: »Du hast recht, Bruder, der Prinz hat uns betrogen. Hilf uns, wir werden deine Diener sein. Wir haben eingesehen, daß wir einen großen Fehler begangen haben, wir bitten um Verzeihung.«

»Ihr seid trotzdem Verbrecher«, rief Mustafa, »wir müssen euch bestrafen.« Iwas, der Esel, war dagegen. Er wollte die Räuber nicht bestrafen, sondern ihnen eine Chance geben.

Karakus unterbrach die beiden und sagte: »Iwas hat recht, wir müssen die Räuber freilassen und den Prinzen Mohammed fangen, weil er der Verbrecher ist.«

Karakus und Iwas banden die 89 Männer los. Alle machten sich gemeinsam auf den Weg, um die zehn Männer aus dem Gefängnis zu befreien.

Der Prinz Mohammed lebte in einem traumhaft schönen Schloß, zwanzig Kilometer von Albasrah entfernt. Er verfügte über eine starke Wache von tausend Soldaten, außerdem über eine Riesenschar von Dienern. Gegen all diese Leute konnten Karakus und die Räuber nicht kämpfen, sie brauchten Unterstützung.

Iwas ging zum Bach und sprach mit den Moskitos, die die Schlafkrankheit verbreiten. Die sollten die Leute des Prinzen stechen, bevor er mit seinen Freunden das Schloß angriff. Die Moskitos willigten ein und flogen zu Tausenden hinter Karakus und seinen Kameraden her.

Sie stachen die Wache des Prinzen Mohammed, und bald schliefen die Soldaten ein. Karakus und seine Männer öffneten das Tor zum

Palast, stürmten hinein und überwältigten den Prinzen Mohammed. Sie verlangten von ihm den Schlüssel zum Verlies, um die Gefangenen herauszuholen.

Der Prinz rief um Hilfe, aber keiner hörte ihn. Alle Soldaten und Diener schliefen. So war er gezwungen, den Schlüssel herauszugeben. Die zehn Männer konnten befreit werden.

Karakus wollte sich nun von ihnen verabschieden. Doch Iwas gab zu bedenken: »Wenn wir die Männer ohne Arbeit lassen, werden sie wieder klauen. Wir müssen für sie eine Arbeit finden. Wir haben schon einmal einen Zirkus gehabt, laß uns diesmal mit den Männern ein Theater für Kinder bauen.«

»Das ist ein guter Vorschlag«, gab Karakus zu.

Die Räuber waren begeistert von dieser Idee. Die Kinderstücke schrieben sie selbst. Es waren Geschichten aus ihrem Leben. Sie spielten mit sehr viel Freude und hatten großen Spaß dabei. Bei den Kindern hatten sie Erfolg, und sie bekamen viel Applaus, wo immer sie auch auftraten.

Das Ungeheuer von Almedina

Eines Tages sagte Iwas zu Karakus: »Du wirst alt, Karakus. Du hast genug Gutes für die Menschen getan, jetzt ist es Zeit, sich zur Ruhe zu setzen.«

Doch Karakus antwortete seinem besten Freund: »Wie kann ich in Frieden leben, während der Nachbar in einer anderen Stadt verhungert. Erst vor kurzem habe ich gehört, bei Almedina lebe ein gewaltiges Tier. Einmal im Monat komme es in die Stadt und vernichte alles, was sich ihm in den Weg stelle. Die Bewohner Almedinas fürchten sich sehr vor ihm. Ich aber fühle mich noch jung und gesund. Mein Herz ist stark wie das eines Löwen, meine Hände sind noch kräftig wie die Äste einer Eiche. Ich will nach Almedina gehen und das gewaltige Tier töten.«

»Und wie sieht dieses Tier aus?« erkundigte sich Iwas.

»Es ist schwarz wie die Nacht und viele Meter lang. Sein Kopf ähnelt dem des Skorpions. Es hat unzählige Klauen mit messerscharfen Krallen. Mehr weiß ich auch nicht. Ein Landstreicher hat es mir so beschrieben.«

Nach einer kleinen Pause fuhr Karakus fort: »Dieses gewaltige Tier soll in einem prächtigen, verborgenen Schloß wohnen. Ich muß es töten!«

»Aber wie?«

Sieben Tage und sieben Nächte überlegte Karakus, wie er das schwarze Tier töten könnte. Aber nichts fiel ihm ein. Dennoch wollte er nach Almedina gehen, denn er hatte die stille Hoffnung, daß er unterwegs noch eine Lösung finden würde. Er ging zu Iwas und fragte ihn: »Kommst du mit?«

»Natürlich«, antwortete der Esel, »wann soll es losgehen?«

»Morgen früh bei Sonnenaufgang. Unseren Proviant besorge ich noch heute im Basar.«

Wie immer kaufte Karakus Wassermelonen, Brot, Fleisch und Datteln, füllte einige Krüge mit Wasser und packte alles in einen Ledersack. Bei Sonnenaufgang verließ er Albasrah mit seinem Esel.

Almedina liegt einige hundert Kilometer entfernt, und man braucht einen Monat dorthin, wenn man zu Fuß geht.

Gegen Mittag erreichten sie eine Oase und machten Rast. Dort trafen sie einen alten Mann mit einem weißen Bart. Der Bart war so weiß wie der erste Schnee des Winters.

Als Iwas den Mann erblickte, mußte er lachen, denn der Alte hatte eine sehr lange Nase. Bestimmt war sie länger als ein Meter.

»Lach nicht über meine Nase«, wies ihn der Mann zurecht. »Sie ist mir eine gute Stütze. Ich brauche keinen Stock. Wenn ich müde bin, lehne ich mich auf sie.«

»Woher hast du diese lange Nase? War dein Vater vielleicht ein Elefant und hat dir seinen Rüssel vererbt?« fragte Iwas noch immer etwas spöttisch.

»Nein«, antwortete der alte Mann. »Meine Mutter brachte mich in einem Urwald zur Welt. Als sie kurze Zeit später starb, nahmen sich die Elefanten meiner an. Sie konnten nicht verstehen, daß ich keinen Rüssel hatte. Deshalb zogen sie jeden Tag ein bißchen an meiner Nase, bis sie schließlich ihre heutige Größe erreicht hatte. Aber wie gesagt, mich stört sie nicht, im Gegenteil.«

»Und was machst du hier?« forschte der neugierige Iwas weiter.

»Ich pflanze eine Dattelpalme in der Oase.«

Das erstaunte Karakus: »Wozu pflanzt du eine Dattelpalme? Weißt du denn nicht, daß es viele Jahre dauern wird, bis sie Früchte trägt? Du aber bist alt und wirst es nicht mehr erleben, daß du Datteln ernten kannst.«

Voll ruhiger Überzeugung antwortete der Alte: »Auch unsere Eltern haben schon Dattelpalmen gepflanzt, und wir haben die Früchte geerntet. Jetzt pflanzen wir die Palmen, damit unsere Kinder und die Reisenden Datteln essen können.« Karakus und Iwas waren von der Weisheit des alten Mannes beeindruckt und wollten gern noch mehr von ihm wissen.

Er aber wehrte ab: »Ich kann zwar nicht lesen und nicht schreiben, aber ich habe eine gute Nase für das Rechte im Leben. Und ihr? Wohin reist ihr?« erkundigte er sich.

»Wir sind auf dem Weg nach Almedina.«

Die Sonne brannte nicht mehr so heiß. Karakus und Iwas hatten sich in der Oase ausgeruht. Sie verabschiedeten sich von dem alten Mann und setzten ihre Reise fort.

Der Alte grub ein Loch in die Erde und pflanzte eine Dattelpalme.

Karakus und Iwas liefen den ganzen Tag, zwölf Stunden ohne Rast. Dann sagte Karakus: »Es ist schon spät. Wir müssen noch ein Nachtquartier finden. Es ist zu kalt, um ohne Decken und ohne Feuer im Freien zu schlafen. Nicht weit von hier liegt eine kleine Oase. Vielleicht finden wir dort eine Möglichkeit, die Nacht zu verbringen.«

Karakus und Iwas erreichten die Oase, als sich gerade die Sonne verabschiedete, um auf einem anderen Kontinent weiterzuscheinen. Die Oase zählte etwa hundert Häuser. Mitten im Ort war ein Park angelegt mit vielen Dattelbäumen und einem kleinen Marmorbassin, in dem viele Goldfische schwammen. Karakus und Iwas ließen sich an dem Bassin nieder in der Hoffnung, daß jemand vorbeikomme, den sie nach einer Übernachtungsmöglichkeit fragen könnten. Aber niemand ließ sich blicken. Die Bewohner saßen um diese Zeit in ihren Hütten beim Abendbrot.

Karakus und Iwas verließen das Wasserbassin, um einen Spaziergang durch die Gassen des kleinen Ortes zu machen. Plötzlich begann Iwas zu schreien und schlenkerte voller Freude seinen Kopf hin und her. Karakus fragte verwundert: »Was ist los? Vor einigen Augenblicken warst du noch bei vollem Verstand. Bist du verrückt geworden? Sag, was hast du?«

Iwas konnte sich nicht beruhigen. Er drehte seinen Kopf zu Karakus und rief: »Sieh mal dort hin! Dort auf der gelben Treppe sitzt unser Freund Abd Al Asis.« Karakus schaute zur Treppe und bemerkte ungläubig: »Das kann nicht sein. Abd Al Asis ist lange tot, schon fast zwanzig Jahre. Du irrst dich, Iwas. Wahrscheinlich hat dieser Mann nur eine gewisse Ähnlichkeit mit Abd Al Asis.«

»Wollen wir wetten?« fragte Iwas. »Um zehn Kilo Datteln und zehn Honigmelonen.«

Überzeugt rief Karakus: »Du wirst verlieren!«

»Wir werden sehen.« Sie schlossen die Wette ab.

Dann gingen sie eilends zur Treppe und begrüßten den Mann, der dasaß und einen Bastkorb flocht. Ab und zu sog er an einer Wasserpfeife. Durch die Begrüßung wurde er bei seiner Beschäftigung gestört, aber aus Höflichkeit erwiderte er den Gruß, denn er merkte, daß die beiden Fremde waren.

»Gleich werden Sie mich fragen, ob Sie bei mir übernachten dürfen«, begann er die Unterhaltung. »Ich persönlich habe auch nichts dagegen ...«

»Verzeihung, mein Herr«, unterbrach ihn Karakus. »Wir wollen Sie tatsächlich nach einer Übernachtungsmöglichkeit fragen, aber zuerst möchten wir wissen, ob Sie vielleicht Abd Al Asis sind.«

Der Mann erhob sich und rief überrascht: »Woher kennt ihr meinen Namen?«

Iwas antwortete: »Du bist doch Abd Al Asis, der Landstreicher, der mit uns nach Dschubeiah ging, wo wir einen Zirkus eröffneten. Damals, als du, der Adler, die beiden Affen und die Pferde schliefen, hatten die Priester den Zirkus angesteckt und ihr wurdet verbrannt. Eure Asche haben wir in Urnen gesammelt.«

Der alte Mann ließ den Korb fallen, an dem er gerade gearbeitet hatte, und stürzte auf die beiden zu: »Du bist Karakus, mein bester Freund! Und du bist Iwas!«

Die beiden vermochten vor Rührung nur zu

nicken. Sie fielen dem alten Freund um den Hals und küßten ihn herzlich.

Nach einer kleinen Weile fragte Karakus: »Aber du warst doch tot?«

Der alte Mann antwortete: »Alah El Din hat uns mit seiner Zauberlampe verzaubert und wieder zum Leben erweckt.«

»Und was wurde aus unseren Freunden, dem Adler, den Affen und den Pferden?« fragte Karakus weiter.

»Die sitzen gerade gemütlich beim Abendbrot«, sagte Abd Al Asis, »kommt mit in mein Haus, dort werden wir euch alles berichten.«

Voller Freude, daß seine alten Freunde noch lebten, führte er sie in ein großes Zimmer. Dort saßen der Adler, die beiden Affen und die Pferde friedlich um den Tisch und aßen.

Die Affen erkannten Karakus und Iwas sofort wieder. Sie liefen auf die beiden zu, umarmten und küßten sie. Dann begrüßten der Adler und die Pferde die Freunde und baten sie, am Tisch Platz zu nehmen und mit ihnen zu essen. Karakus und Iwas nahmen die Einladung gerne an und langten zu, denn sie hatten Hunger.

»Es ist schön, euch nach dieser langen Zeit wieder zu treffen«, sagte Abd Al Asis. »Erzählt mal, was ihr so treibt.«

»Wir sind auf dem Weg nach Almedina«, erzählte Karakus. »Sicher habt ihr auch schon von dem riesigen schwarzen Tier gehört, das dort die Menschen verfolgt. Wir wollen es töten.«

»Kannst du uns dabei helfen?« unterbrach Iwas seinen Freund.

Abd Al Asis überlegte eine Zeitlang und antwortete dann: »Warum nicht? Wir haben uns immer gegenseitig geholfen.«

»Ihr braucht nicht alle mitzukommen. Wenn ihr die Affen einige Tage entbehren könntet, würde das reichen«, sagte Karakus. Die Affen waren begeistert. Sie klatschten Karakus auf die Schulter und wollten gleich aufbrechen.

»Heute sind wir zu müde, aber morgen früh geht es los. Seid ihr einverstanden?«

Die Affen waren es. Zufrieden setzten sie sich wieder an den Tisch.

In aller Frühe machten sich am nächsten Morgen Karakus, Iwas und die beiden Affen auf den Weg. Stundenlang bewegte sich der kleine Zug durch die Wüste, aber keiner langweilte sich. Die Affen waren lustige Reisegefährten. Unermüdlich erzählten sie Witze, so daß die Zeit schnell verging.

Als sie nach vielen Tagen an einem Nachmittag in Almedina ankamen, gingen sie sofort zum Basar und kauften Lebensmittel ein. Karakus erinnerte sich an seine verlorene Wette. Bei einem Händler kaufte er zehn Kilo Datteln und Melonen, gleichmäßig verteilte er sie anschließend unter die Reisegefährten.

Als sie satt waren, brachen sie auf, um eine Unterkunft zu suchen. Almedina ist eine große Stadt, deshalb sind hier die Menschen nicht mehr so gastfreundlich wie in den Dörfern. »Wir müssen ein billiges Quartier finden«, erklärte Karakus. »Keine Sorge«, antwortete einer der Affen. »Ich kenne einen Mann, er wohnt in der Nähe des Basars und heißt mit Spitznamen Zwiebel. Den erhielt er, weil er wie eine Zwiebel mehrere Kaftane übereinander trägt. Er vermietet saubere Zimmer zu günstigen Preisen.«

»Dann laßt uns zu diesem Zwiebel gehen«, riefen die anderen.

Sie machten sich auf den Weg zur Pension, einem weißen Haus mit zwei Etagen. Im Garten vor dem Haus blühten unzählige Jasminsträucher, die betörend dufteten. In dichtem, üppigem Grün reiften Orangen, Granatäpfel und Feigen.

Die Affen klopften an die Haustür. Kurze Zeit später öffnete Zwiebel. Er trug mehrere bunte Kaftane, hatte einen weißen Turban auf dem Kopf, und die Finger seiner rechten Hand umschlossen eine Gebetskette. Als er die beiden Affen erkannte, grüßte er freundlich.

»Wir haben Gäste mitgebracht. Hast du Platz für uns? Wir werden wohl drei Nächte bleiben, vielleicht auch mehr«, sagte einer der Affen.

»Eigentlich ist alles besetzt«, antwortete Zwiebel. »Aber für euch habe ich immer Platz. Ihr bekommt mein eigenes Zimmer.«

»Wieviel soll das Zimmer pro Übernachtung kosten?« erkundigte sich Karakus vorsichtig.

»Wenn ihr alle in einem Zimmer schlaft, kostet die Übernachtung einen halben Dinar. Das ist ein Sonderpreis für euch.«

»Gut, wir sind einverstanden, Zwiebel«, antwortete Karakus.

Sie stellten ihr Gepäck in das Zimmer. Dann wollten sie ins Hamam baden gehen, denn der Sand der Wüste klebte an ihnen. So führte Zwiebel sie in ein schönes arabisches Bad. Es gab da zwei große Becken mit warmem und kaltem Wasser und Dampf wie in einer Sauna. Karakus, Zwiebel, Iwas und die beiden Affen badeten fröhlich und ließen sich massieren. Danach gingen sie in den Erfrischungsraum. Karakus bestellte für alle Orangensaft und Kaffee, für sich und Zwiebel aber noch eine Wasserpfeife.

Zwiebel wollte wissen, welchen Beruf Karakus ausübe.

»Ich bin Spaßmacher und Märchenerzähler. Außerdem hatte ich einmal einen Zirkus in Dschubeiah. Daher kenne ich auch die beiden Affen.«

Die Affen klatschten in die Hände.

Als Zwiebel vom Zirkus hörte, war er begeistert und schlug Karakus vor: »Wollt ihr nicht einen kleinen Zirkus im Garten vor meiner Pension eröffnen? Ich würde euch gut bezahlen.«

Karakus erklärte ihm, daß sie nach Almedina gekommen seien, um das große schwarze Tier zu töten und die Bewohner von ihrer Angst zu befreien.

Zwiebel lachte laut. »Das schafft ihr nie, das hätte nicht einmal dein Großvater vermocht. Ich kann euch nur warnen, ihr habt ja keine Ahnung, wie groß und stark das schwarze Tier wirklich ist.«

»Wir wissen sehr wohl, daß es über große Körperkräfte verfügt, aber dafür haben wir einen Kopf zum Denken. Und allein können wir es auch nicht schaffen. Wir brauchen die Unterstützung der Einwohner von Almedina. Gemeinsam werden wir stark genug sein, um das schwarze Ungeheuer zu überwinden.«

»Da mache ich nicht mit«, entgegnete Zwiebel rasch. »Solange mich das schwarze Tier in Ruhe läßt, rühre ich keinen Finger.«

Empört riefen die beiden Affen: »Du siehst also ruhig mit an, wie dein Nachbar von dem gewaltigen Tier geschluckt wird!« Sie waren tief enttäuscht von Zwiebel. Da mischte sich Iwas in das Gespräch ein. »Du bist reich genug, du kannst dem schwarzen Tier jeden Monat einen schönen Granatapfel schenken, um in Ruhe gelassen zu werden. Aber was wird, wenn du es einmal nicht mehr kannst? Dann verschluckt es auch dich wie einen kleinen Fisch.«

»Ich bin nicht der einzige, von dem es jeden Monat einen Apfel bekommt«, verteidigte sich Zwiebel, »viele machen es genauso, nur um in Ruhe gelassen zu werden. Einige haben schon ihre Dolche und den Schmuck ihrer Frauen verkauft, um die Äpfel bezahlen zu können.«

»Auch diese Leute werden eines Tages von ihm gefressen werden«, beendete Karakus die Unterhaltung. Er hatte keine Lust mehr, sich die dummen Reden Zwiebels länger anzuhören. Er ließ ihn allein in der Badeanstalt zurück und begab sich mit seinen Freunden wieder in die Pension.

Alle gingen zu Bett.

Doch sie konnten nicht einschlafen. Jeder wälzte Pläne in seinem Kopf, wie man das schwarze Ungeheuer töten könne. Die beiden Affen meinten, sie wollten am nächsten Tag den Ort sehen, wo das schwarze Tier hauste. Karakus und Iwas wollten von Tür zu Tür gehen und mit den Bewohnern der Stadt sprechen. Plötzlich kratzte sich Iwas am Kopf und rief. »Ich weiß jetzt, wie wir es töten können. Wir müssen mit unseren Dolchen in den Bauch des Tieres kriechen und es von innen stechen, bis es tot umfällt. Gegen Angriffe von innen kann es sich nicht wehren. Seine inneren Organe sind empfindlich, die müssen wir angreifen.«

Karakus überlegte eine Weile und erwiderte dann: »Ich finde deinen Vorschlag gut. Aber wenn wir im Bauch des Tieres sind, bekommen wir vielleicht keine Luft mehr und ersticken.«

Iwas hatte einen Ausweg bereit. »Wir nehmen einen langen Schlauch mit in den Bauch. Die Affen bleiben draußen und pumpen uns die Luft hinein.«

»Die Idee ist prima«, meldeten sich die Affen zu Wort. »Aber hast du auch daran gedacht, daß es im Bauch des Tieres sicher stockdunkel ist? Lampen wären da angebracht.«

»Dann nehmen wir eben einfach einige Lampen von der Straßenbeleuchtung mit«, entschied Iwas.

Am nächsten Tag geschah alles wie geplant. Die Affen machten sich auf, um das Schloß des schwarzen Tieres zu suchen. Karakus und Iwas gingen zu den Bewohnern der Stadt und sprachen mit ihnen über ihren Plan.

Einige Leute erklärten sich sofort bereit mitzumachen, andere waren dagegen. Viele hatten Angst, in den Bauch des schwarzen Tieres zu kriechen. Dann gab es auch welche, die die gleiche Meinung hatten wie Zwiebel: »Solange uns das schwarze Tier nichts tut, rühren wir keinen Finger.«

Karakus erzählte den Leuten, daß es falsch wäre, Dolche und Schmuck zu verkaufen, um das riesige Tier zufriedenzustellen. »Glaubt mir,

Leute, das geht nur eine Zeitlang. Dann verschont es auch euch nicht mehr. Ich weiß aus Erfahrung, ein Raubtier bleibt ein Raubtier, es verändert seinen Charakter nicht.«

Als Karakus noch mit den Leuten sprach, kamen die Affen mit der Nachricht angerannt, das schwarze Tier befinde sich auf dem Wege zur Stadt.

Diejenigen, die dem Ungeheuer immer einen roten Apfel zum Geschenk brachten, blieben auch dieses Mal ruhig in ihren Häusern, weil sie glaubten, ihnen könne nichts passieren. Die anderen jedoch gesellten sich zu Karakus.

Die Männer versteckten die Dolche unter ihren Gewändern und gingen in Deckung. Die Affen holten einen Schlauch, eine Luftpumpe und einige Lampen.

Plötzlich wurde es dunkel, die Erde erbebte mehrmals, und eine Stimme dröhnte lauter als Kanonendonner. Es war die Stimme des schwarzen Ungeheuers, das sich mit seinem zwanzig Meter langen schwarzen Schwanz, seinen hundert Händen und Füßen und seinem Riesenmaul in die Stadt wälzte.

Sofort ergriff es die Leute, die sich nicht vor ihm versteckt hatten und verschlang sie wie ein Krokodil einen kleinen Fisch. Nun hatten sie den Beweis, daß das schwarze Tier sie von Anfang an hintergangen hatte. Doch jetzt war es zu spät für sie.

Karakus, Iwas und mehr als hundert Einwohner hatten sich in dem Keller eines Hauses versteckt. »Jetzt müssen wir raus«, befahl Karakus, »sonst zerstört das schwarze Tier das ganze Haus.« Mutig verließ einer nach dem anderen den Keller und ließ sich tapfer von dem Ungeheuer schlucken. Nur die Affen blieben, wie verabredet, in ihrem Versteck und pumpten Luft in die Schläuche.

Im Bauch des Ungeheuers entzündeten die Männer ihre Lampen und holten die Dolche aus den Gewändern. Mit aller Kraft stachen sie auf das schwarze Tier ein und bohrten die scharfen Klingen in die Eingeweide des Ungeheuers.

Da merkte es, daß es dieses Mal nicht wehrlose, sondern bewaffnete Opfer geschluckt hatte. Das Ungeheuer wand sich vor Schmerzen und bat schließlich um Frieden. »Wenn ihr aufhört, mich zu stechen, lasse ich euch alle frei. Außerdem erhält jeder von mir hundert goldene Dinar.«

Aber die Menschen im Bauch des Ungeheuers glaubten seinen Versprechungen nicht. Sie stachen auf das Ungetüm ein, bis es endlich tot umfiel.

Rasch schleppten die Affen eine Leiter heran. Mit einem dicken Seil holten sie die Freunde wieder aus dem Bauch heraus. Keiner war verletzt, nur Iwas fühlte sich ein bißchen schlecht nach all der Aufregung.

Die Bewohner der Stadt eilten auf die Straße, schauten sich das tote Ungeheuer an und fielen sich freudig um den Hals. Alle beschlossen, noch am gleichen Abend ein großes Fest zu feiern. Es war das erste Fest nach vielen Jahren, das die Einwohner von Almedina feiern konnten. Früher hatten sie sich aus Angst vor dem Tier nicht getraut, nachts aus ihren Häusern zu gehen.

Am nächsten Morgen, die Sonne war gerade aufgegangen, verabschiedeten sich Karakus und Iwas von den Affen. Karakus sagte noch: »Bleibt immer wachsam, es gibt bestimmt noch mehr von diesen Ungeheuern.« Die Affen versprachen es und winkten den beiden hinterher.

Dann verließen Karakus und Iwas die Stadt Almedina durch das Stadttor. Dabei besprachen sie schon ihre Pläne für einen neuen Zirkus, den sie in der nächsten Stadt eröffnen wollten.

Lutz Tantow: Till Eulenspiegel aus Tausendundeiner Nacht

»Wie kann ich in Frieden leben, während der Nachbar in einer anderen Stadt verhungert.« (Jusuf Naoum)

Nachdem ich sieben Tage und sieben Nächte nachgedacht habe – weil das im orientalischen Märchen nun einmal so üblich ist – bin ich zu dem Schluß gekommen: ›Karakus‹ von Jusuf Naoum ist eine der schönsten Märchensammlungen, die in letzter Zeit erschienen sind. Das meine ich ernst. Denn obwohl die deutschen Kinder- und Hausmärchen anläßlich des 200. Geburtstages von Jacob Grimm eine Renaissance erlebten, ist es mir bei dem Gedanken an den pädagogischen Lesestoff, mit dem Generationen von Heranwachsenden literarisch durchgeprügelt wurden, gar nicht so wohl. Und bei der berühmten Schlußformel »Wenn sie nicht gestorben sind, dann leben sie noch heute«, habe ich meine Zweifel. Auch die unendliche Geschichte von Momo & Co. kann mich nicht hinter den sieben Bergen hervorlocken. Irgend etwas ist in den Märchen von Jusuf Naoum anders, und dieses – noch näher zu bestimmende – andere läßt einen frischen Wind in die deutsche Märchenliteratur wehen, der seinen Ursprung offensichtlich im Vorderen Orient hat und daher ein warmer und herzlicher Südostwind ist.

Jusuf Naoum führt uns in das Zweistromland von Mesopotamien und in eine ferne Zeit, zu der Bagdad noch die arabische Hauptstadt war. Als Sitz der Kalifen und wirtschaftlicher wie kultureller Mittelpunkt der islamischen Welt erlebte die heutige Hauptstadt des Irak ihre Blütezeit vom 9. bis 11. Jahrhundert. Jusuf Naoum beschreibt das bunte Treiben im dortigen Basar und leitet dann unseren Blick allmählich auf die Hauptfigur seiner Märchen, den Spaßmacher Karakus, der mit seinem Esel Iwas zahlreiche Abenteuer erlebt. Mit nur wenigen Sätzen wird der Charakter des Helden gezeichnet. Wir erfahren, daß er den Armen gibt, was er den Reichen durch seine List abgaunert. Zwischen den Zeilen begleitet uns immer der Satz, der diesem Nachwort vorangestellt wurde. Wie die meisten Personen der arabischen Märchenwelt sind auch Karakus und Iwas heimatlos und ziehen umher, machen immer neue Bekanntschaften und befreien unterdrückte Völker von herrschsüchtigen und skrupellosen Machthabern, ganz gleich, ob es sich dabei um Könige oder Ungeheuer handelt. Die Helden suchen den Konflikt und versuchen zugleich, ihn zugunsten der Minderheit zu schlichten. Sie verspotten dabei die Obrigkeit und sind deshalb überall – in Dschubeiah wie in Albasrah und Almedina, worunter wir uns wohl leicht abgewandelte Städte der Wirklichkeit vorzustellen haben, die zugleich Schauplätze der berühmten Märchensammlung aus Tausendundeiner Nacht sind – gern gesehene Gäste.

Was Jusuf Naoums Märchen von unserer gängigen Vorstellung dieses Genres unterscheidet, ist die Tatsache, daß hier nicht die Erhaltung des Bestehenden, die Wiederherstellung alter Machtverhältnisse und die Rückkehr zu einer – im Grunde stets ungerechten – Ordnung gepredigt werden. Auch bloße Harmonie ist nicht Jusuf Naoums Anliegen. In seinen Märchen schwingt immer eine befreiende Absicht mit. Autor und Hauptfigur sind bemüht, unterdrückte Minderheiten einem besseren Leben zuzuführen. Und das Besondere: Jusuf Naoums Märchen sind gewaltfreier als wir es beispielsweise von unseren Hänsel-im-Hexen-Käfig-Märchen gewohnt sind. Karakus vernichtet zwar den König (und befreit damit das Volk von dessen Tyrannei), aber er tötet ihn nicht. Bestraft werden hier nicht die Kinder, weil sie sich den Ge- und Verboten der Eltern widersetzen. Bestraft werden bei Naoum immer die obersten Täter, weil Karakus und Iwas erkannt haben, daß die kleinen Verbrecher nur arme Schlucker und ausgenutzte Handlanger böser Mächte sind, die wiederum keine abstrakte Größe darstellen, sondern konkrete Gestalt haben. Den Minderheiten (und das ist in Jusuf Naoums Märchenwelt keine kleine Gruppe, sondern die Mehrheit der Unterdrückten, die sich nicht aufzulehnen wagt) wird – sollten sie einmal ungerecht gehandelt haben (denn niemand ist hier fehlerfrei) – nicht gleich mit Strafe gedroht; zunächst einmal bekommen sie noch eine Chance. Überhaupt zielt in Jusuf Naoums Märchen nicht immer gleich alles auf Vernichtung, nur weil im ersten Moment vielleicht etwas bedrohlich erscheint. Denn die Bedrohung, um die es hier geht, findet möglicherweise nur in den Köpfen der Betroffenen statt. Insofern arbeiten Naoums Märchen am Abbau von Mißtrauen in einer Welt, in der gegenseitiges Verständnis und Toleranz aus der Mode gekommen sind.

So transportieren diese Geschichten neben all der phantastischen Herrlichkeit orientalischer Erzählkunst eine durchaus griffige Botschaft. Es gibt einen realistischen Kern und eine hinter dem Alltäglichen verborgene Weisheit, die in Naoums Märchen mit eingeflossen sind. Da müssen Opfer gebracht werden für die Gemeinschaft, da werden Probleme nicht distanziert betrachtet, sondern Ungeheuer von innen bekämpft. Das Märchenbuch erweist sich als soziales Lehrstück und gesellschaftskritische Kriminalgeschichte, ohne daß dabei der Zeigefinger oder gar die Peitsche erhoben werden.

Nachdem ich die bisher geschriebenen Zeilen noch einmal durchgegangen bin, muß ich eine Pause machen. Irgendwie kommt mir dieser Karakus bekannt vor. Ich nehme einen Schluck Tee, um meinen Hals anzufeuchten – weil das in solchen Momenten ein beliebtes Ritual ist, das eigentlich immer hilft –, und dann frage ich mich, wo ich diese Märchenfigur schon einmal gesehen habe. In Griechenland gibt es Karagiosis, in der Türkei den Karagöz, der mit seinem ebenfalls sprechenden Esel die Gegend vorwiegend im Schattenspiel unsicher macht. Aber da ist doch noch ein anderer wandernder Spaßmacher, der sich mit Spott gegen die Mächtigen in die Herzen des Volkes »schwindelt«. Diesmal dauert es keine sieben Tage und Nächte, bis ich weiß, wen ich meine, denn ich bin in Braunschweig geboren, und aus dieser Gegend soll er ja stammen, unser Till Eulenspiegel. Ja, das ist's: ein Till Eulenspiegel aus Tausendundeiner Nacht, eine Literatur zwischen Braunschweig und Bagdad und Beirut, wenn wir den Kaffeehauserzähler Abu al Abed miteinbeziehen. Jusuf Naoum und ich, eine Völkerverständigung im Märchen, eine Vermittlung der Kulturen bei gleichzeitiger Bewahrung der eigenen Identität.

An Eulenspiegel erinnert auch die von Jusuf Naoum erprobte satirische Schreibweise und vor allem die klare, einfache und leicht verständliche Sprache. Jusuf Naoum ist ein volkstümlicher Erzähler, der sich an ein jugendliches Lesepublikum ebenso wendet wie an alle, die bei Botho Strauß einschlafen. Was Louis Aragon über den Kirgisen Tschingis Aitmatow (den Naoum übrigens bewundert) schrieb, kann man auch auf seinen Karakus übertragen: Der merkwürdige Reiz dieser Geschichten beruht darauf, daß alles, was wir von einem unbekannten Land, von den Menschen dort und ihren Gewohnheiten erfahren, von einem Insider und von Figuren vermittelt wird, für die das alles natürlich ist und keiner Erklärung bedarf, so daß der Erzählfluß jene außerordentliche Leichtigkeit gewinnt, die der modernen, an einer Reportagekrankheit leidenden Literatur, in der alles vorher auf Karteikarten geschrieben zu sein scheint, so sehr fehlt.

Vergessen wir auch nicht, daß Jusuf Naoum, der Libanese aus Tripoli, der seit mehr als zwanzig Jahren in Deutschland lebt und den mühsamen Weg eines »Gastarbeiters« gegangen ist, diese orientalischen Märchen, die doch recht stark an traditionell arabische Erzählweisen erinnern und besonders an die mündliche Literaturüberlieferung anknüpfen, in deutscher Sprache geschrieben hat. Ja, in deutsch! Zuerst für Morgengeschichten im Bayerischen Rundfunk verfaßt, wurden diese Texte nach ihrer Sendung nur wenig bearbeitet und haben ihre ursprüngliche Spontaneität bewahrt.

Jusuf Naoum selbst, der als griechisch-orthodoxer Christ in einer überwiegend islamischen Welt von Kindheit an mit den Problemen der Zugehörigkeit zu einer Minderheit vertraut ist, hat diese Mischung aus orientalischem Stoff und deutscher Sprache auch geschrieben, um Mut zu machen – sich selbst und seinen Lesern, die Minderheiten angehören oder sich ihnen solidarisch fühlen. Diese Märchen dienen mit ihren befreienden Zielsetzungen wie ihren Verständigungsversuchen dazu, trotz aller Niederlagen und Schläge, die Minderheiten überall ertragen müssen, Kraft zu schöpfen und nicht aufzugeben. Erinnern wir uns an die Ameisen, die den »Tod des Jaguars« herbeiführen, an die Losung von Karakus und Naoum, die ich an den Anfang stellte, oder ganz einfach an den Zirkus, den der Spaßmacher und seine Freunde gründen wollen – ein Selbsthilfeprojekt mit Unterhaltungswert. Bauen wir mit an diesem Projekt der Völkerverständigung – und helfen wir, nicht nur lesend und erzählend, die multikulturelle Gesellschaft im friedlichen Miteinander zu verwirklichen.

Interkulturelle Erzählungen

Jusuf Naoum
Nacht der Phantasie
Der Kaffeehauserzähler Abu al Abed lädt ein
144 S., vierf. Hardcover, ISBN 3-86099-432-8

Abu al Abed ist wieder da! Er lädt uns und seine Freunde ein zu einer Nacht der Phantasie. Bis in den Morgen werden im Garten des Abu al Abed Geschichten erzählt, entfaltet sich der ganze Zauber einer orientalischen Nacht.
Ein gut ausgestattetes, von Barbara Rieder liebevoll mit Tuschezeichnungen illustriertes Buch.

Nasrin Siege
Der Tag des Regenbogens
Märchen, Mythen und Geschichten
Mit Zeichnungen von Barbara Rieder
136 S., vierf. Hardcover, ISBN 3-86099-440-9

Interkulturelle Märchen, Mythen und Geschichten der bekannten Kinderbuchautorin und Sammlerin afrikanischer Märchen. Starke, kämpferische Frauen stehen im Mittelpunkt dieser Reisen in die Phantasie. »Meine Märchen«, so die Autorin, »sind eine Liebeserklärung an das Leben zwischen den Kulturen.«

Nasrin Siege
Kalulu und andere afrikanische Märchen
Mit Zeichnungen von Barbara Rieder
144 S., Hardcover, ISBN 3-86099-428-X

»Ich weiß noch, wie wir Kinder am Abend Feuerholz gesucht haben, um mit unseren Müttern das Abendessen zu kochen. Danach haben wir dann zusammengesessen, und Großmutter hat uns im Schein des Feuers Geschichten erzählt. Schöne und grausige Geschichten...« Die Kalulu-Märchen überraschen uns mit plötzlichen Wendungen und witzigen Bildern, europäischen Einflüssen und afrikanischen Weisheiten.

Bitte kostenloses Gesamtverzeichnis anfordern bei:
Brandes & Apsel, Zeilweg 20, D-60439 Frankfurt/M.

Rafik Schami im dtv

Foto: Root Leeb

Das letzte Wort der Wanderratte
Märchen, Fabeln und phantastische Geschichten
dtv 10735
Warum brennt Momo mit J. R. durch? Wie legt ein kleiner Rabe einen Pfau aufs Kreuz? Was hat eine Wanderratte ihrem Volk zu sagen? Rafik Schami weiß sehr überraschende Antworten.

Die Sehnsucht fährt schwarz
Geschichten aus der Fremde
dtv 10842
Durch seine Märchen ist Rafik Schami berühmt geworden, aber in diesem Band erzählt er vom ganz realen Leben, zum Beispiel vom Heimweh und der Diskriminierung der Arbeitsemigranten.

Der erste Ritt durchs Nadelöhr
Noch mehr Märchen, Fabeln & phantastische Geschichten
dtv 10896

Das Schaf im Wolfspelz
Märchen & Fabeln
dtv 11026

Der Fliegenmelker und andere Erzählungen
dtv 11081
Geschichten aus dem Damaskus der fünfziger Jahre. Im Mittelpunkt steht der unternehmungslustige Bäckerjunge aus dem armen Christenviertel, der Rafik Schami einmal gewesen ist.

Märchen aus Malula
dtv 11219
Rafik Schami versteht es, in diesen Geschichten den Zauber, aber auch den Alltag und vor allem den Witz und die Weisheit des Orients einzufangen.

Erzähler der Nacht
dtv 11915
Salim, der beste Geschichtenerzähler von Damaskus, ist verstummt. Sieben einmalige Geschenke können ihn erlösen. Da schenken ihm seine Freunde ihre Lebensgeschichten …

Eine Hand voller Sterne
dtv 11973
Alltag in Damaskus. Über mehrere Jahre hinweg führt ein Bäckerjunge ein Tagebuch …

Erich Kästner im dtv

Foto: Süddeutscher Verlag

Doktor Erich Kästners Lyrische Hausapotheke
dtv 11001

Bei Durchsicht meiner Bücher
Gedichte
dtv 11002

Herz auf Taille
Gedichte
dtv 11003

Lärm im Spiegel
Gedichte
dtv 11004

Ein Mann gibt Auskunft
»Linke Melancholie« nannte Walter Benjamin diese Verse.
dtv 11005

Fabian
Die Geschichte eines Moralisten Berlin 1930. Ein arbeitsloser Reklamefachmann erlebt den Niedergang der Republik.
dtv 11006 / dtv großdruck 25069

Gesang zwischen den Stühlen
Gedichte
dtv 11007

Drei Männer im Schnee
Ein vergnügliches »Märchen für Erwachsene«, das durch seine Verfilmung weltberühmt wurde.
dtv 11008 / dtv großdruck 25048

Die verschwundene Miniatur
dtv 11009 / dtv großdruck 25034

Der kleine Grenzverkehr
Die Salzburger Festspiele lieferten den Stoff für diese heitere Liebesgeschichte.
dtv 11010

Die kleine Freiheit
Chansons und Prosa 1949–1952
dtv 11012

Kurz und bündig
Epigramme
dtv 11013

Die 13 Monate
Gedichte
dtv 11014

Die Schule der Diktatoren
Eine Komödie
dtv 11015

Notabene 45
Ein Tagebuch
dtv 11016

Jacques Roubaud im dtv

Foto: Peter-Andreas Hassiepen

Die schöne Hortense
Roman · dtv 11665

Ein Kriminalroman, ein Liebesroman und ein Katzenroman. Und zugleich die Parodie all dessen: ein Feuerwerk an Einfällen, ein literarisches Puzzle, ein Zahlenspiel. Schon das Verbrechen ist seltsam genug. Fünfunddreißigmal haben rätselhafte Täter nachts ein Haushaltwarengeschäft überfallen, dreiundfünfzig Töpfe zu Fall gebracht, allen Besen die Haare ausgerissen und sämtliche Putzmittel zusammengegossen. Keine leichte Aufgabe für die Ermittler Blognard und Arapède, zumal es da einen Kater gibt – Alexander Wladimirowitsch –, der absichtlich die Spuren verwischt.

Die Entführung der schönen Hortense
Roman · dtv 11725

Es ist Mitternacht. Die Kirchturmuhr von Sainte-Gudule schlägt dreiunddreißigmal. Da fällt ein tödlicher Schuß aus dem Hinterhalt. Der Ermordete ist Balbastre, der Hund des alten Sinouls. Wenige Tage später wird auf einem Ball die schöne Hortense, die Geliebte des Poldevenprinzen Gormanskoi, entführt. Inspektor Blognard und sein Gehilfe Arapède nehmen die Ermittlungen auf, unterstützt von einem poldevischen Detektiv mit dem unaussprechlichen Namen Sheralockiszyku Holamesidjudjy.

Das Exil der schönen Hortense
Roman · dtv 11794

»›O nein!‹ dachte Hortense, *›not again‹* (fügte sie in ihrer Verwirrung und auf englisch innerlich hinzu); denn der Neuankömmling, ein Prinz mit Sicherheit, ein grüngekleideter Prinz, sah Gormanskoi zum Verwechseln ähnlich; er glich ihm so sehr, daß ihr davon schwindlig wurde; war er der Gute? War er der Böse? Ihr Instinkt sagte ihr nichts, ihre Liebe schickte ihr keine eindeutige Botschaft.« Gerade erst einer Entführung entkommen, gerät die schöne Hortense durch die Machenschaften des Prinzen Augre auch im poldevischen Exil wieder in Gefahr.

Oskar Maria Graf im dtv

Die Chronik von Flechting
Kraftvoller Dorfroman, erzählt aus dem 19. Jahrhundert
dtv 1425

Die gezählten Jahre
Packende Zeitgeschichte, 1934 im Exil entstanden
dtv 1545

Wir sind Gefangene
Ein Bekenntnis
Grafs Erlebnisse 1905 bis 1918
dtv 1612

Das Leben meiner Mutter
Grafs Mutter, eine einfache Frau aus dem Volke
dtv 10044

Gelächter von außen
Aus meinem Leben 1918 bis 1933
dtv 10206

Kalendergeschichten
dtv 11434

Der harte Handel
Kriminalfall aus der bayrischen Heimat
dtv 11480

Anton Sittinger
Politische Enthaltsamkeit gerät zum Duckmäusertum
dtv 11855

Die Erben des Untergangs
Roman einer Zukunft
dtv 11880

An manchen Tagen
Reden, Gedanken und Zeitbetrachtungen
dtv 11898

Jedermanns Geschichten
dtv 11899

Reise in die Sowjetunion 1934
dtv 71012

Heinrich Böll
In eigener und anderer Sache

Schriften und Reden 1952 – 1985

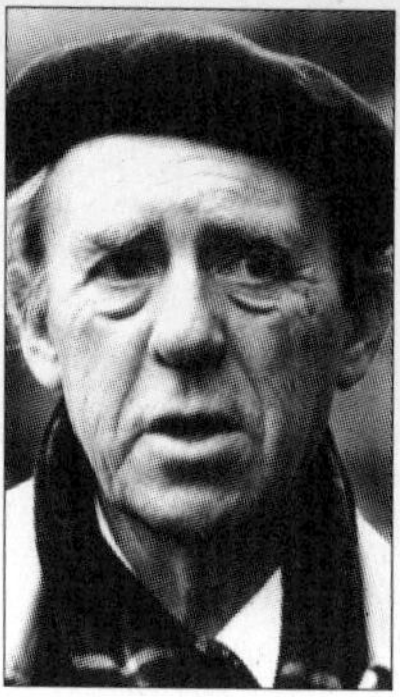

Heinrich Böll hat seine Schriften und Reden immer als gleichberechtigten Teil seines Werkes angesehen. Seine Kommentare, Glossen und Rezensionen bilden ein kritisches Lesebuch zur deutschen Politik und Literatur der letzten vierzig Jahre.

Alle Bände einzeln oder zusammen als Kassette erhältlich

Zur Verteidigung der Waschküchen Schriften und Reden 1952 – 1959
dtv 10601

Briefe aus dem Rheinland Schriften und Reden 1960 – 1963
dtv 10602

Heimat und keine Schriften und Reden 1964 – 1968
dtv 10603

Ende der Bescheidenheit Schriften und Reden 1969 – 1972
dtv 10604

Man muß immer weitergehen Schriften und Reden 1973 – 1975
dtv 10605

Es kann einem bange werden Schriften und Reden 1976 – 1977
dtv 10606

Die »Einfachheit« der »kleinen« Leute Schriften und Reden 1978 – 1981
dtv 10607

Feindbild und Frieden Schriften und Reden 1982 – 1983
dtv 10608

Die Fähigkeit zu trauern Schriften und Reden 1984 – 1985
dtv 10609

In eigener und anderer Sache Schriften und Reden 1952 – 1985
9 Bände in Kassette
dtv 5962